雨水滴答滴答，石头开满花

香杰新 ／ 著

SPM
南方出版传媒
花城出版社
中国·广州

图书在版编目（ＣＩＰ）数据

雨水滴答滴答，石头开满花 / 香杰新著. -- 广州：
花城出版社，2016.7（2021.4重印）
ISBN 978-7-5360-7974-8

Ⅰ．①雨… Ⅱ．①香… Ⅲ．①长篇小说－中国－当代
Ⅳ．①I247.5

中国版本图书馆CIP数据核字(2016)第131879号

出 版 人：肖延兵
责任编辑：欧阳蘅　李珊珊
技术编辑：凌春梅
装帧设计：林露茜

书　　名　雨水滴答滴答，石头开满花
　　　　　YUSHUI DIDA DIDA, SHITOU KAIMANHUA
出版发行　花城出版社
　　　　　（广州市环市东路水荫路11号）
经　　销　全国新华书店
印　　刷　北京一鑫印务有限责任公司
　　　　　（北京市顺义区北务镇政府西200米）
开　　本　787毫米×1092毫米　16开
印　　张　12
字　　数　100,000字
版　　次　2016年7月第1版　2021年4月第2次印刷
定　　价　35.00元

如发现印装质量问题，请直接与印刷厂联系调换。
购书热线：020－37604658　37602954
花城出版社网站：http://www.fcph.com.cn

雨水滴答

滴滴答
滴滴答
雨水欢歌落下
我们光着小脚丫
屋檐聆听奏琵琶

滴滴答
滴滴答
雨水欢歌落下
我们光着小脚丫
荔林竹园追逐它

滴滴答
滴滴答
雨水欢歌落下
浇绿了田埂山野
遍地石头开满花

七色彩虹七色花
七色童年梦婆娑
背上行囊走春夏
欢歌荡漾雨滴答

目录

第一章　全叔 ················· 1

我们追逐嬉戏在荔林蕉田间，我们向黄蜂窝发起攻击，我们在洋蜡灯下看小人书，我们跟老黄牛聊天诉说困惑……童年，我们手拉手走过铺满月光的青石板路。

第二章　肥灿 ················· 23

他家境富裕却毫不吝惜，经常跟我们分享美味糖果，他老实憨厚竟然弄塌自家围墙，他胆小怕事却带领我们去坐满载鸡鹅鸭的火车……

第三章　爷爷 ················· 45

没有抑扬顿挫，也时常啰里八嗦，但爷爷讲的捉蛇、捕麻雀、戽鱼，还有"打鬼子"等故事，总能让我们听得痴迷……

第四章　黑权 ················· 63

很鬼的小伙伴，他领头，我们紧紧跟随，破坏泉水、捅蜂窝、火烧树林，"壮举"层出不穷，还掀起轩然大波……

第五章　巧巧老师 ················· 87

县里来了新老师，带来了新气息，从此，我们男女同学不再划界限，我们吃上了鱼粥用上了电灯，我们第一次举行舞会……还有，我们结识了活泼可爱的新朋友雪儿。

第六章　狗仔 ·············· 113

在村子，唤作猪狗牛羊的可多着，皆因祖辈留下论断，说名字叫得越贱，命格就越硬；越是叫得不当一回事，越是贵气。因此，凡是"狗仔"参与的活动，越是有趣难忘。

第七章　自家人 ·············· 137

村里的人都是自家人，情同手足亲如兄妹。我们在祠堂里看电视，漫无边际侃大山，脸红耳赤争吵；我们在田埂上捉蜻蜓，在池塘里打水仗，在屋檐下看雨水滴答滴答落下，看石头开满花。

第八章　总会有明天 ·············· 161

快乐总是伴随伤感。春去秋来，我们期待的小学毕业将要到来，而小伙伴们却逐渐各散东西，从此天各一方？抑或，这就是成长？

后记　故事，还没讲完 ………………………… 180

　　这是"70后"的童年故事，"70后"会找到熟悉的身影，这不单是"70后"的故事，"80后"似曾相识梦归来，"90后"且听且快乐，"00后"如坠幻想萌发好奇。这一切里面，有着新鲜泥土的气息和自然的花香，那些伴着伤感的快乐，那些伴着快乐的感伤，必然孕育出希冀，激发起奋斗，伴着我们在成长中见证社会的变迁，只要你愿意听，故事会继续讲下去……

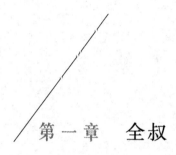

第一章　全叔

如果你想听，我给你讲讲黑权、肥灿、高强、雪儿，我们一帮小伙伴的事儿，还有巧巧老师，我的堂叔国全，还有我们的村子，许多许多事儿。

我们村子四面环山，山峰不高，但连绵不断。据说有先人曾经徒步七天七夜，仍然只在山林深处，没法子走遍这山野。而在我们世代人心中，村子仿如一个世外桃源，可不，放眼张望，远处，是漫山层林，一年四季郁郁葱葱；近处，是祖祖辈辈开垦出来的田地，或圆或方，阡陌交错，遍布山下和半山腰。

最特别的是秋收季节，万绿丛中飘逸着一条条金黄的绸缎，火红的叶子看似不经意间点缀其中，配上天边几朵懒洋洋的白云，一群展翅轻盈划过蓝天的小鸟，一条在村前蜿蜒而过的清澈小河，我们仿佛置身于一幅美丽的画卷中。

而画卷中，处处是我们的乐园。我们会在荔林蕉田追逐嬉戏，会从高大的榕树上跳入池塘里；我们会向黄蜂攻击作乐，会跟老黄牛聊天诉说困惑；我们会坐在孔桥上发呆半天，会邀请蜻蜓蝴蝶一起起舞忘记归家。这些都不必说了，单单是光着脚丫，踏着银色月光，结伴走在村子中坑坑洼洼的青石板路上，从东头到西边，从西边到东头，总有掏不尽的心事，有说不尽的话儿。

自打记事起，我们一帮小伙伴就是这样，手拉手走过春夏秋冬，走过快乐走过悲伤。

手拉手，一起走过魂牵梦绕的童年。

一、 村子的骄傲

你愿意听呗，那就先给你讲讲我的堂叔国全吧。

我惦记着全叔，整整三年了，我都没有见过他。我一直弄不明白，他为什么要离开村子，离开我们。他是我最崇敬的人，是我们村子的骄傲呢。

全叔是村子的骄傲，这一点也不假。爷爷常常说，要好好读书，像全叔那样，读完小学，再读初中，读高中，将来还要读大学；要有出息，就要读书。自小，这些话就把我的耳朵磨出了老茧。

全叔读书用功，是我们村子几代人的佳话。常常是天未亮，他就起床，独个儿在学堂里朗诗诵文，不管春来秋去，无论夏暑冬寒，从不间断。听说有一个寒假的凌晨，巡夜的治保主任看到学堂里有人影晃动，以为有贼，把铜锣敲得当当响，睡意蒙眬的乡亲连滚带爬聚集到学堂，折腾一番后，才知道是全叔独个儿跑到学堂里看书。

全叔成绩好，我是自小就知道的。小学五年，他年年全班第一，这方面"证据"确凿——二叔公的家不算大，但里面两扇墙壁，密密麻麻贴满了全叔的奖状。

每到学期结束，二叔公最要紧做的事情，是用小铁锅把一小碗剩饭加上水烧成糊，然后用烧成糊的剩饭做浆糊，把全叔的奖状贴在墙上。而每当这个时候，我总是蹲在椅子上，双手托腮，凝神屏气，看着二叔公张贴。奇怪的是，二叔公神情严肃，一如往常，看不出高兴的样子，也没有太多言语，只是轻轻地把奖状反面放在桌子上，左手五指张开按着，右手食指扣一坨米糊，一圈两圈均匀地涂在奖状上，然后又轻轻地把奖状粘在墙上，双手掌轻轻拍打抚平。一个学期接一个学期，新增的奖状不断把墙壁空余的地方占据，似乎很快就要填满，而不变的是二叔公严肃认真和专注的表情。

跟左邻右里一样，二叔公的房子是老式的泥砖房。所谓泥砖房，顾名思义，就是用泥巴做砖盖的房子。泥砖大小存在偏差，砌成的墙壁便坑洼不平，墙面还裸露着不少稻草秆儿。尽管如此，二叔公总是一丝不苟地把奖状张贴稳当、平整，每贴好一张，后退两步，眯缝着眼睛，察看一番。如此这般，张罗半天，不疲不倦。

我可没有这个性子，往往是第一张没张贴完，心思和动作就开岔儿了，于是就地取材找乐子。刚才说了，墙壁是泥巴墙，我就拔泥巴墙上的稻草秆，日子久了，泥巴不牢，一拔，泥沙松脱，"沙沙沙"往下掉。二叔公见着，慢悠悠举起他黝黑而满布老茧的手掌，轻轻挥挥以作制止，而他从不恼火，接着还是认真继续着他的活儿。

嘿，我发现了一个秘密。有一次，我对着二叔公惊叫起来。

没等二叔公问话，我接着说，我发现了，墙壁上张贴的奖状，从一年级到五年级，每个学期都有，而且全部都是第一名！

二叔公没有接话，双目注视着奖状，嘴角变得微微上翘。我被二叔公的表情吸引住，因为这样的表情平时很少见到，我极力在脑海里搜索，终于，我肯定，在自家人结婚，或者大年三十吃团圆饭的时候，二叔公才会是这样子的。

良久，二叔公似乎不经意，实质很认真地说，狗仔，你要好好学全叔，将来出人头地。

的确，当墙壁差不多张贴满，当他的小学同学或是因家境不济，或是因成绩差而陆续辍学加入到农业生产大军的时候，全叔以全公社名列前茅的成绩考入县初级中学，后又顺利考上高中。

小学毕业已是我们村子的小秀才了，能读上高中，全叔算不上大秀才，也是名副其实的中秀才了吧。后来，当原来的"反动电视台"不再"反动"，可以自由观看之后，我们知道了有"举人"的称呼，所以自此之后，我认为全叔算得上是"举人"了。

但是，村子的骄傲远远不止这样。农活间休息闲坐田埂上，晚饭过后蹲在池塘边，当然，更多的是聚集在祠堂——一个我们认为很神圣的地方。在祠堂的事儿可多着，以后慢慢说吧。大家的谈论，除了柴米油盐之外，兴趣最浓必定是全叔，大家断定，全叔将会考上大学，成为我们村子的第一个大学生。

我们村子四面环山，山不算高，却连绵不断，足以阻断跟外面的联系。祖祖辈辈，我们走的是一条上坡下坡，下坡又上坡，坑洼不平，崎岖难走的小山路。我不知道，是不是因为出村的小山路难走，所以我们村子一直走不出一个大学生。

于是，全叔就用他瘦弱的身子，挑起村子几代人光宗耀祖的梦想。然而我却真的担心，瘦弱的全叔会熬不住，有一天突然垮下来。

事情往往使人意想不到，全叔的爸爸，也就是我的二叔公，在一次放牛时摔了一跤，摔掉了正常的劳动能力，也摔掉了全叔的大学梦想。就这样，全叔辍学了。

高中二年级还差一个月结束，全叔回到了村子。听说那天全叔一夜未睡，和二叔公二叔婆坐在一起，哭泣。男儿弹泪，我越大越觉得其分量之重。第二天，本该挑起村子几代人梦想的全叔，真如我担心的那样，用他瘦弱的身子，挑起了锄头粪箕，日出而作，日落而息，赚工分去了。

二、 出色的全叔

但是，全叔始终是我最崇敬的人。

譬如说，全叔懂得许多许多东西。我喜欢问全叔问题，他总是拍拍脑袋就会，而且讲解得比学堂的老师更容易使人明白，我常常想，全叔的脑瓜跟别人好像没有多大差别，但为什么却装着那么多其他人不晓得的东西？

可有个问题全叔一直未能给我答案。我不明白为什么会有工人农民之分，为什么我们一生下来就只能放牛莳田拿工分，而不能生活在每晚有电影看有商场逛有不吃油的汽车坐的城市？全叔说他也常常想这些问题。弄不明白就甭提，反正我觉得长到扁担高的时候就会明白——爷爷常常这么说的。

我又喜欢叫全叔教我做些小玩艺儿。我挂在床头的木手枪，就是全叔教我做的，全叔有那么多好手艺，我想，这大概是自然的恩赐吧。

刚才讲了，我们村子周边都是小山峰，山多，自然树木多，飞鸟也多。不少村民就有了伐木砍竹，做家具、做日常用具的手艺。全叔是其中一个。

我不晓得他什么时候学会的，也从未见过他跟谁去学，总之，他会不时用木头做些手枪之类的玩具给我。而有一次，我发现他竟然会用竹子编织很多用具。

村子后面有几片竹林，竹子秀丽挺拔，浓密的枝和叶，在灿烂阳光映照下，翠绿欲滴。若是夏天，漫步竹林中，听着沙沙的响声，感受着柔柔清风拂面，非常舒畅。如果静心细听，还会有"叮叮咚咚"的泉水声和清脆的鸟叫，就像大自然弹奏的乐曲，十分悦耳。特别是，有烦心事的时候，我喜欢到竹林走一趟，这时，烦恼便会随着青青竹林飘出九天之外，心情随即舒畅起来。

当然，对于大自然年复一年的装扮，我们早已麻木，甚至突然跳入眼帘的不是景色而是农忙时节的起早摸黑，是不分昼夜的收割、晒谷，读书写字反倒成了一个陪衬。

而秋天的竹林是热闹的，经过春、夏两季，竹子已经成材，村民们有的把竹子砍下做建筑材料，有的把竹子做成各种各样的用具，比如竹篮、箩筐等等。

有一天，全叔从竹林里带回几根竹子。他先把每根竹子的结节削平，接着把它们破开，再把瓤去掉，剩下大小、厚薄差不多的竹子皮。最后，用这些竹子皮编织成篮子、粪箕等日常用具。我只知道全叔字写得好，想不到，那一根一根的竹皮，在他手里左右舞动，不到半天的工夫，便成了竹篮、竹筐等各式用具。

全叔又教我们做弹叉，那是我们打鸟的武器。但是，几次下来，鸟毛都没抓着，我们的兴趣便消散了。

小时候我曾偷过蜡烛做洋蜡灯。一二年级时学堂尚未装上电灯，我常常用那种自制的洋蜡灯取光。制作其实很简单，一个汽水瓶盖，铁的，当中放上一根稍粗一点的绳子，然后加上洋蜡就成了。

难找的是洋蜡，要经常趴在桌子上，拿小刀把蜡烛烧完后粘在桌子上的蜡油一点点刮起来。蜡烛金贵，我们舍不得多烧，所以时常找不到蜡油，于是我打起了奶奶烧给老祖宗的红蜡烛的主意，经常偷出来制成洋蜡灯。奶奶的数口不灵光，我每次又只拿一根，因而一直以来我的胆大妄为都未被发现，安安稳稳到了三年级，当学堂通上电用上电灯后，洋蜡灯就渐渐被人们遗忘了。

还是讲全叔哇。

偷蜡烛的事我没有跟任何人讲，除了全叔，要不虔诚的奶奶不把我打死才怪。全叔则不同，他用瘦小的手拍了拍我的肩膀，感慨地说，读书是我们的唯一出路。

什么是出路，不用莳田，不用做农民吗？我问他。

我脑海中顿时浮起了莳田的画面。

莳田，就是插秧，那可是我们最不喜欢、又不得不做的农活。首先要犁田翻土，平常把牛养得健壮有力，这个时候它们就要被派上用场了，人们的吆喝声和"哗哗啪啪"的鞭打声，此起彼落，一天下来，不要说牛，人也累得半死。幸好，犁田是大人们的事情，我们小孩还没有这个能力。但是，莳田我们则逃不掉。

那时候我们有农忙假，放假帮忙干农活。莳田时，全家子出动，把裤管儿高高挽起来，赤脚走下耙好的水田，从田的一端一字儿排开便开始干活。莳田的曲直关系到庄稼的长势收成，要求笔直的长行多，短行尽量减少，方便以后的打理和收割，所以起头必须讲究，通常是有经验的先行，我们紧跟其后。这时，每个人都低下头、弯着腰，既要均匀又要快速，也要讲究行距株距不能过密或过疏，所以，常常是没到半天工夫，我们已累得近乎虚脱，腰也僵硬得一时半刻直不起来。而通常秧苗又是插得深浅不一，曲直交错，总免不了被大人一顿臭骂。所以，我们天天盼望暑假寒假，却一点都不喜欢农忙假。

是的，不用莳田，不用做农民。全叔点点头，有力，坚决。

于是，不用做农民，可以做工人，曾经给了我无穷的读书动力。

两个星期后，全叔给了我十根又长又粗的蜡烛，有两根还是我从未见过的，居然还有螺纹的呢。为此，我高兴得两个晚上没睡好，到现在我还珍藏着一根舍不得用。后来我知道那些蜡烛是全叔用两个星期的油盐酱醋钱买回来的，心中除了感激，还多了一分歉意。

三、 偷书

还有一件事让我对全叔感激不尽，那与村子的纸厂有关。

纸厂是大队办的，位于我们学校后面百来米远的小山坡上。我们几个小伙伴放学后经常到那儿玩耍，捣鸟窝、捉迷藏、"打美国"，山上山下来来回回跑十多遍。渴了，双手掬一捧泉水，"咕噜咕噜"痛饮；累了，双手攀着纸厂的窗台，踮起脚尖，伸出脖子，看纸厂的机器"轰轰隆隆"把废纸打碎，又搅成纸浆。日子就是这样，在无忧无虑而又充满好奇和憧憬中流逝。

有一天，我忽然发现纸厂的废纸堆中，夹杂着许多小人书，虽然都很旧很脏，有些残缺不全，但它们像磁铁般，瞬间就深深吸引了我那渴求知识的心。

我试着向看管纸厂的二牛要，他说这些全是公家的，大队挣钱用的，还向我们挥着毛茸茸的双手，恶狠狠地威胁道，不要对那些书嘴馋，否则打断我们的腿。

我们趴在窗台上，眼睁睁看着一本本小"宝贝"被机器"突突突"地吃掉，多少次几乎涌出眼泪。

一次趁二牛出恭的机会，渴望瞬间化为雄心和力量。我双手一撑，一跃而起，敏捷地从没有栏杆的窗口翻入废纸房，一手抓上两三本小人书，迅速往家跑。

那一夜，我如痴如醉。

第二天放学后，我们又跑到纸厂，趁二牛不在，又在废纸堆里找小人书。我拾起一本名为《狼牙山五壮士》的小人书，久旱逢甘露般痴迷地看起来。

狗仔，走啊，快走，二牛回来了。突然，在外面把风的黑权急促地叫了起来。

我不敢怠慢，迅速合上小人书，又随手抓起两本脏兮兮的，往口袋一塞，便翻身出了纸厂。

想不到反应一向迟钝的二牛已站在我跟前了。他双眼瞪得圆圆的，额头的青筋突起，好像还在跳动。长满老茧的双手像老鹰扑小鸡似的向我压来，他要搜我身。黑权一步步缩至墙根下，浑身颤抖。我却异常镇定，犹如小人书里五壮士向着悬崖纵身一跳的豪迈。就在二牛的大手即将碰到我的一刹那，我突然发力，低头使劲从二牛的胯下钻了过去，拼命往山下跑。

走啊，快，快！黑权如女孩子般尖叫起来。

凭着玩打仗游戏对地形的熟悉，我上蹿下跳，很快就把高大如牛的二牛甩在后面，张着嘴巴喘大气。

黑权的尖叫声由大变小，直至听不到，我才停下来，当然，二牛早已被我甩掉了。

我纵身一跃，双手攀住一棵荔枝树荡起秋千来，就像小兵张嘎捣了鸟窝，塞住烟囱呛得鬼子呱呱叫般得意。

傍晚，当全叔来找我时，我才隐隐觉得害怕，若是爸爸知道了，少不了挨骂。我低着头，喃喃地说，我只是想看书。

是吗？全叔问。

嗯。我点点头。

爱看书，爱学习，这是好事，但不能随便拿公家的东西，一张纸也不行。我们要像爱护自己的眼睛、爱护自己的生命一样爱护公家的财产，知道吗？

全叔的话听来很顺耳，我似懂非懂地点了点头。

全叔又是用他那瘦小的手拍了拍我，然后像变法儿似的把几本小人书递给我，很严肃地说，这是从纸厂借出来的，你看完后立即还给我，还有你先前拿去的，都还给我，知道吗？

我重重地点了点头。

因为全叔的帮助，短短两年间，我看了数百本小人书。虽然我不能拥有自己的书，但它们默默地滋养着我。

噢，忘了告诉大家，那时全叔已不用再跟生产队出勤，他去了纸厂做事。

四、 教书受阻

全叔去纸厂经历了不少波折。老师教过一个词叫好事多磨，我不知道全叔去纸厂的事，是不是就叫好事多磨。

全叔在生产队干了一个月后，学校的老校长叫全叔去教书，还说全叔是什么接班人之类的。

我清楚地记得，当时是傍晚，太阳已经躲到山的另一边去了，村子陆陆续续升起袅袅炊烟。全叔刚从田里回来，沾满泥巴的裤管卷到膝盖，本来已瘦削的脸庞比以前黑多了，难看多了。

脚还没跨进门，全叔就被二叔公和老校长叫住了。老校长直接地问全叔，想不想到学校教书。

刚才老校长来的时候，我心里猛打鼓，生怕在学校捅了什么娄子被校长登门问罪来了。当听到老校长问全叔后,我一直提着的心一下子放了下来,而且还觉得一个大喜事突然降临了。

我往炉膛里猛捅几下,塞满稻草,就飞奔到二叔公身边。我那时正在烧火煮饭。但是,天天煮天天吃的饭,怎么也没有全叔的喜事来得让人高兴。

对老校长的寄望,全叔好像不用考虑就一口应承了,还说他早就有这个想法,只是不敢轻易开口。

好哟,我忍不住,拍掌喊叫。而最高兴的,是二叔公了,如鸡啄米似的不断点头,眼睛眯成一条逢。

于是,我天天在学校里盼望着全叔的到来。

我坚定地相信,全叔教我们读书写字,一定会比阿妹老师好,比所有老师都好。我们不喜欢阿妹老师,叫她去教一年级好了。她常常罚我们留堂,又布置许多作业,我和肥灿黑权都不喜欢她。

其实,我最不喜欢的人是隔壁的光叔。他坚决不同意全叔去教书,说全叔只配锄田种地,甭想离开生产队。他左手叉腰,右手指着全叔——手指几乎碰到全叔的鼻子,唾沫横飞。

老实巴交的二叔公慌了,几乎要跪下来求光叔。

那时光叔是生产队长。他说生产队劳动力要有保证,全叔不能离开生产队。我不知道生产队长究竟是一个多大的官,可是,就是因为光叔不同意,全叔去学校教书的事就成不了。光叔还说全叔好高骛远,不好好生产,扣了全叔一天工分。

全叔倒是不服气，说，大男人难道会被尿憋死？我不信，我出不了头地。

后来我才知道，光叔与二叔公曾经结怨。准确地说，是因为二叔公的房子，比光叔的房子高了那么一点，惹怒了光叔。

又是后来，我才慢慢知道事情的原委。我们的村子虽小，大家都朝碰头晚见面，但是磕磕碰碰却不少，农活之余，晚饭之后，大家便会热烈地谈论谁家建了新房子，谁家的猪准备出栏之类。往往是，房子还没动工，全村子的人已经把这个消息炒过五六遍了。那个年代缺少电视、报纸，大家关注的，就是身边人、同村活、油盐酱醋事。而有一次，不知道是哪个家伙无意中说了一句，生产队长威风八面，房子却没有二叔公的高，结果不出两天，全村子的人都知道了这个事。

这个评论传到二叔公耳朵的时候，是第二天下午，不早不晚。二叔公一听，脸色大变，仿如暴风雨将要来临。他马上停下手中的活儿，屁颠屁颠地在两个屋子间来回跑了几回，认认真真琢磨了一番。

好像不觉得有什么呀？二叔公喘着气，抹着汗，慌着心。

在那个时候，村民相互比较谁家房子高矮大小，比较谁家的猪壮牛弱，较之相互论钱财多少要来得重要。说者无意，听者有心，光叔认为是二叔公有意落他面子，一夜间把二叔公视作仇人。

五、全叔结婚

全叔要结婚了。这是我刚上四年级的事，是我被选为学校少先队副大队长那天知道的。

吃过晚饭洗过澡后，我戴上有鲜红的三条杠的袖标，迫不及待去找全叔。

一跳进门，说跳，真的是跳。如果说那时我们的房子高矮不一、大小各异的话，门槛却是一律都会有，而且大小高矮相仿。于是，我们从小就不理会大人们唠叨左脚进门右脚出门，总是踩在门槛进出，又或者学小兔子，双脚蹦跳。一来二往，大人们也懒得计较，我们也就随心所欲了。

肥灿却没那么幸运，他的名字就没有太多的上墙机会——那时节，课室后面起伏不平黑白不均的黑板，最大的功劳就是，把每次测验考试前、后十名的名字写出来。但是，肥灿有时也会冒个鬼主意出来，那就是双脚跳进跳出的，还美其名曰兔子跳。黑权很不服气，总是义正词严地说，肥灿的身材跟二叔公养的猪差不多，所以，你肥灿发明的动作应该叫猪跳，不要拿小白兔的轻盈可爱为自己贴金。肥灿反击，警告黑权说，有本事你就别跳，否则就叫猴子跳。这样争执十来天，直到大家跳得娴熟，也就不计较什么跳了。

一进屋子，我就被缭绕的烟雾呛得咳了两声。

全叔的房子里已坐满了人，有爷爷、奶奶，还有二叔公、二叔婆等。全叔坐在大家中间，耷拉着脑袋，两耳红通通的像公鸡头顶的冠，很好看。爷爷和二叔公拿着水烟枪，大口大口地吸着烟；奶奶则如初一、十五供奉老祖宗时那样口中念念有词，神情有点恍惚。我预感有大事发生。这架势，在我记忆中只有曾祖父上天那次见过。

出去，别心野。爸爸的话伴着一串串烟圈向我袭来，双眼如鹰眼锐利地盯着我。

我有点委屈又有点倔强地答：我进来给爷爷的水烟枪加水！

在为爷爷和二叔公的烟枪加水的过程中，我断断续续听到了他们的讨论：

衰仔，你居然会做出那种丑事，祖宗十八代的脸都被你丢尽了！

人家霞女还是十八闺女，枉你读了那么多书，真是读坏脑了。

我们两人是真心相爱的。

我们祖宗十八代的规矩，相亲这事儿必须媒婆经办，你自作主张，破坏了村子的规矩，怎样向列祖列宗交代，怎样向全村父老交代？

这事怎么办，怎么办哪，你说，说呀！

我真希望自己早点长大，好明白大人们的意思。我竖起的耳朵渐渐放松了，故意玩弄着左手臂上的"三条杠"，但大人们一点也没在意。晃荡一会儿，讨个没趣，我转身准备离开。

爸，伯父，我想和霞女结婚。全叔说。

我一听，顿时来了精神，禁不住大声叫了起来，全叔要讨媳妇啦，讨媳妇啦！

出去，快走开，小孩子野什么！爸爸真的光火了。

全叔讨媳妇啦，讨媳妇啦。我蹦跳着，把这件事告诉了肥灿，肥灿舔舔嘴唇，口水汪汪，叫嚷，耶，有汽水喝喽。

我伸出两个手指，边跑边跟他说，到时给你两瓶。

肥灿张开手掌，高声回应，五瓶，要五瓶！

我又蹦跳着，把这件事告诉了黑权，黑权没有接茬，眼愣愣地瞪着我手臂的"三条杠"，嘴巴翘得高高的，说，我只有一条。

到时有很多汽水喝，给你两瓶。我没有时间闲扯，打个手势，撇下黑权，兴高采烈回家去了。

这一夜，我做了好多好多梦。

我梦见全叔推着辘轳车，载着他的媳妇回来，还载着一箱箱大大小小的嫁妆；十来个兄弟姐妹簇拥着，不时放起鞭炮。全村男女老少一路指指点点，都说新娘子好看。村子的祠堂里摆了几十桌，我认得的和不认得的亲戚朋友都来了，鸡鸭鹅一大盘一大盘，汽水随便喝又不会挨骂。咩，黑权手里拿着两瓶，裤兜里还揣了一瓶，哈哈，拿吧拿吧，还有很多。我又梦见霞女，不，我的婶婶，她早早就起了床，跟我起床上学的时间差不多。她在村子一头的水井边洗衣服，挑水。婶婶送给我两条白巾，还有一双崭新的白布鞋呢。

这一夜睡得真好。

放学后，我叫肥灿和黑权一起来到纸厂，我要告诉他们，在纸厂里专门写写画画的霞女，就是我的姊姊。

我们失望而回。二牛说霞女作风有问题，村长愤怒地把她辞掉了。二牛边说边似笑非笑。这人真怪。

但奇怪的是，二叔家的畜牲栏里还是平时那几只小鸡，还未见到许多做好事用的鸡鸭鹅。我们村子惯例，凡做好事的必然提前个把月把鸡鸭鹅买回来，白天用饱满的头造谷喂它，傍晚赶它们到池塘小溪觅食洗身，"呱呱呱"一路叫喊，在田里干活的、收工回来的人们，便知道这家要做好事了。

我每天都跑去二叔公家的畜牲栏瞧瞧，还是没有什么动静，在我的焦急和疑惑中，这样就到了结婚的日子了。

那天我在睡梦中被爷爷、奶奶来来回回的脚步声弄醒，其实我一点也没有睡死。一听到动静，我一骨碌爬起来，跑到门口看热闹。

爷爷、奶奶和二叔婆在家门口摆满了老祖宗的灵牌，还点燃了香和蜡烛。二叔公蹲在一旁，大口大口地吸着水烟枪，很认真的样子，全然不知道我来到了他身边。

一会儿，奶奶悄悄说，到了，到了。大家都朝往巷口望去。

全叔扶着姊姊，慢慢向我们走来，妈妈提着一个不大不小的箱子跟在后面。没有轱辘车，没有一大帮兄弟姐妹跟着，而且，一直到他们拜过老祖宗和长辈，进入新房，我也没有听到鞭炮声，一切静悄悄的。我从来没见过这样讨媳妇的，好不纳闷。

全叔和婶婶进入新房后，二叔婆便收拾门前的东西，大家没有再说什么，没有再做什么，都各自回家休息了。我的睡意也来了。

差不多到中午的时候，我被妈妈摇醒，她惊讶地说，你怎么不去上学，是不是病了，哪里不舒服？

我告诉她，我昨天已向老师请了假，因为全叔结婚。妈妈的脸色陡然大变，变得比天上的乌云还吓人。她把我骂了一顿，还要我立即去上学。

全叔的婚礼没有鞭炮声，没有汽水喝，也没有闹新房——放学回来后，我甚至连全叔和婶婶也没有见到了。妈妈告诉我，他们两个人一大早就离开了村子。

六、 离去

就是那天后，我好久好久见不到全叔和婶婶。我问妈妈全叔什么时候回来，她不告诉我，还说小孩子只管好好读书；爷爷奶奶也不告诉我。要是我知道这样，我宁愿叫全叔不要结婚。

每天放学后，我和黑权肥灿不去纸厂玩了，我宁愿回家写作业，我总是预感，总是期待，全叔会突然间出现在我的面前。

第二章　肥灿

小菅你愿不愿意听，我不想讲全叔的事了。我恨他，恨他不辞而别；我惦记着他，整整一年了，我都没有见过他。我挂念他，在我的心中，没有人能够替代他，而随着时间的消逝，思念如陈酿般越发浓烈……

没有全叔的日子，除了思念，好像没有太多异常。每天，我们还是光着脚丫，从村尾走到村头去上学；不管愿意不愿意，还是要听阿妹老师的课。当然，我跟黑权、肥灿他们一起，还是那样疯玩。

一、富裕的家境

我们小伙伴里，肥灿很有些特别。比如，我跟黑权，还有大部分同学，随着年纪都在往上长，但不同的是，我们长高不长膘，肥灿是长膘不长高。形象地说吧，在操场列队，其他人是逗号，肥灿是句号；其他人是直挺挺的扁担，肥灿是浑圆的大冬瓜，总之，就身材而言，肥灿是我们当中的另类。

大人们的观点则不同，常常以肥灿为标杆，每每见到，极尽赞美和羡慕之言辞。潜移默化，我们不但没有异样看待肥灿，还经常梦想，梦想着有那么一天，自己也多长膘，媲美肥灿模样。

当然，我们最喜欢肥灿的特别之处，要数他的家。

在村子里，家家户户住的，大部分是独立平房，就是用泥砖盖的一层房子，高矮相当，样式相仿，甚至连门槛的高低大小也似乎一致。不同的是，原来家底殷实的，房子就会修得大一些；也有家底不好但是把房子修得大一点的，因为村子里土地多，只要卖力多做些砖瓦，不怕吃苦勤奋地盖就行。

肥灿的家不是大多少的问题，他们家有一个围墙，把几个房子围住，里面有一个院子。像他们家的样子，告诉大家的不是勤奋的事儿了，而是明明白白地显示家底殷实。

刚才说，肥灿是长膘不长高，也是一个体现。

先不说肥灿家底情况，我们感兴趣的，是他家的房子，特别是他家的大院子。

放学后，我们经常聚集到他家的院子里。因为院子够大，我们同时摆了几个桌子，几个人一起在那里写作业。

肥灿的家人很乐意我们这么做，积极地帮我们摆桌子，不时拿出些糖果饼干之类的东西给我们吃。除了大家都是邻居，经常串门互相招呼外，还有个原因很重要，就是肥灿读书不行，我们正好可以充当他的辅导员。如此这般，各取所需，我们的日子倒也过得快乐。

二、 翻墙作乐

有一天放学，我们走到肥灿家围墙边，刚要进门，黑权突然站住，随即冒出一个主意——他随手把书包往院子里一扔，挥挥左手，招呼我们说，弟兄们，跨栏，翻墙，攻进去。

我们还没反应过来，黑权已双手攀着围墙，双脚用力一跃，敏捷地爬到了墙头上，胜利者般得意地向我们吹一个口哨，再轻盈地一跳，进院子去了，只留下些许轻轻飘荡的尘埃。

够酷够创意，我心中瞬间涌起敬佩之情，毫不犹豫地学着他的样子，把书包一扔，稍一使劲，也翻身进去了。

肥灿看着我们的举动，既兴奋又紧张，愣在那里，不知如何是好。

肥灿家围墙其实不高，比一般的大人稍矮一些。二叔公告诉过我，他们家的围墙不是用来防贼的，我们村子夜不闭户，哪用得着这玩意儿防贼？还是刚才提到的，围墙是用来告诉大家，肥灿家家底殷实。所以，围墙的高度很讲究，要修得不高不矮，矮了，显得不气派，甚至像猪栏惹人口舌；高了，大家就看不到里面的"阔气"，那就等于白修了。

说回肥灿。他面对着围墙不敢爬，发愣一阵子，转身走到门口磨蹭着，不好直接进来，进退维谷。如此这般，直把我们逗得哈哈大笑。

我们一帮小伙伴，奔跑攀爬，肥灿总是掉队的。

肥灿，笨崽子！黑权挖苦道，就这么一截半高不矮的墙垛儿，居然把你挡住了，你去做个娘儿好了。

我们捧着肚子，笑得更疯了。

肥灿嘴巴翘着，脸颊红着，就像一个熟透了瘪了的柿子。

最后，经不起我们的嘲笑和鼓动，肥灿硬着头皮，横下心来，决心挑战他自家的围墙。他双手攀着墙，双脚用力往上蹬，费了半天劲，终于也翻墙进来了。

谁的骚主意，真的作死！肥灿拍着手上和身上的灰尘，悻悻地说。

哈哈哈。我们只顾大笑。

找到了乐子，我们可不管那么多。自此以后，翻越肥灿家不高不矮的围墙，居然成了我们单调生活中的一道颇有味道的调料。

三、围墙倒塌

当然，如果肥灿家人在，我们肯定循规蹈矩走大门，绝对不敢造次。我们也不笨，这里可是我们难得的零食来源呢。

一晃两个星期，围墙被我们爬得光滑了，肥灿家人居然一直没有发现。有一次，黑权高高站立在围墙上，向我们打个胜利手势，着实把我们吓了一跳，想不到这小子还熟能生巧，而且还那么嚣张。

　　可是，人算不如天算，意想不到的事情发生了。那天，当肥灿轻松翻墙进入院子，得意地拍打着身上灰尘之时，随着不大不小的"轰隆"一声，围墙在他身后倒塌了！

　　真真切切的，围墙倒塌了半截，幸亏，人没被压着。

　　可怜一群小伙伴，顿时个个目瞪口呆，面色苍白。肥灿更是浑身发抖，翘起嘴巴，鼻子用力抽泣几下，想哭却哭不起来，那样子，十足"周扒皮"偷鸡被抓的模样。

　　我要回家做饭，我走了。黑权说。

　　我要去放牛，我走了。高强说。

　　没有放学铃声，大家的速度却比放学回家跑得还快，转眼间，只剩下我跟肥灿，站在零乱的砖块旁边，束手无策。

　　说实在的，看到黑权、高强他们瞬间消失，我也真想找个地方躲起来。而一看到肥灿的样子，我却真的不忍心就这样临阵逃脱。

　　后米，这个事情平稳解决了。因为事实很清楚，围墙是肥灿爬过来的时候倒塌的，账不折不扣地算在他头上了。不出所料，当天晚上，他家传来了肥灿杀猪般的哭喊声——肥灿被父母狠狠地修理了一顿。

　　第二天，肥灿还是如常上学去，仿佛什么事情都没发生过。而他的家人则主动告诉大家说，原来的泥砖围墙太老了，款色过时了，不合时宜要重新修建。果然没多久，肥灿家的围墙被全部推倒，重新砌了一堵，墙身贴上雕花琉璃，比原来的气派多了。

　　唉，那时候的村子，面子可比钱金贵。

　　可是，我们损失的却是那些零食。

　　肥灿家人把之前魔力无边的零食收了起来，有意不让我们吃，当然，我们心知肚明，因为我们至少是同谋。直到我们扳着手指头，一天又一天，快要数到三十天的时候，肥灿家人终于忍不住，张罗我们过去，把零食都拿了出来。

　　正如相信面包会有的，我们坚信零食会有的。吃人家的嘴软，吃完零食，我们就会说他家的好话，穷尽言辞，把他家围墙美言一番。

　　有个细节我是一直不敢告诉黑权他们的，那就是围墙倒塌后，我吃肥灿的零食，比他们的都多。

　　那天，面对倒塌了的围墙，肥灿想溜不能溜，这是他的家呀；想哭哭不出来，既痛苦，又无助。

　　我没溜走，留下来，一直陪着肥灿，等到他的家人回来。虽然我没有做任何有用的事儿，但是，肥灿对此感动万分。感动变成行动，便是每天源源不断地给我送糖果。

　　现在动画片到广告时，电视上总会说，小朋友千万不要走开，后面更精彩，然后出现的大多是糖果的广告。每到这时，我总会舔舔嘴唇，回味艰苦岁月的甜蜜糖果。

四、"香港佬"

肥灿家家底殷实，皆因他们有一个香港亲属。在村子里，大家都管他们的香港亲属叫"香港佬"，没有人叫名字。

每当"香港佬"回来，肥灿家就像过节。院子里坐满邻里乡亲，大家都围绕一个中心——"香港佬"和他的子孙。程序也基本一致。

前面一段时间，是现代生活描述。"香港佬"滔滔不绝，把那个遥远的资本主义地方吹嘘一翻，说那里高楼大厦，人多车多，用的东西先进，吃的东西香甜。我常常疑惑，他是否想说，连马路也是用金子铺成的？

大家既赞赏，又羡慕。

接着，"香港佬"把肥灿的爷爷数落一翻。说他目光短浅，就是吃苦的命。

肥灿告诉我，他的叔公，即"香港佬"，跟他爷爷一起，经常跑到香港那边去做小买卖。在香港封关之前，他的爷爷跑回来了，说什么山穷水穷但是乡愁强乡情浓。而他的叔公选择留在那边。想不到社会发展居然那么迅猛，差距又那么大。

对着"香港佬"弟弟的数落，肥灿爷爷不顶撞不发怒，只是在一旁赔笑。

主人家都没有搭腔，我们也乐得少管闲事，静静地听，傻傻地赔笑，不时附和几句。

等到"香港佬"说够了，讲腻了，大家盼望的高潮就来了——"香港佬"把"蛇皮"袋打开，很认真地，很金贵地，一件一件地把衣服从里面掏出来——给三姑一个裙子，顺带高声地说这些花朵很鲜艳；给伯伯一件衬衣，顺带高声地说这是很高级的尼龙布料；给小叔一个喇叭裤子，顺带高声地说这是今年流行的款式。

大家心里很清楚，这些衣服都是"香港佬"家人不穿的旧衣服。相比我们一年只有一套普通布料、普通样式的，这些旧衣服简直是奢侈品。所以，大家非但没有介意，反而非常期待。

吹嘘完了，数落完了，衣服到手了，大家各回各家微笑着见周公去了。

"香港佬"每回来一趟，肥灿爷爷就要神气个把月，脸上总是挂着微笑，走路总是昂着头。

我们也高兴个把月，我们有平时见不着买不到的糖果吃。

但是，邻里乡亲不是只进不出的守财奴。三姑、六婶拿来自家晾晒的菜干、腊肉，叔叔、伯伯到地里挖来最大的番薯。"香港佬"回来时五个"蛇皮"袋装得满满的，回去时五个"蛇皮"袋装得更满。"香港佬"一会儿说菜干腊肉味香好吃，一会儿说番薯环保健康，乐得见牙不见眼。

邻里乡亲浩浩荡荡几十人，一路把"香港佬"送到山口，那阵势，不亚于古时候郊迎朝廷大官。

后来我总结为，山高水长隔不断浓浓乡愁，磕磕碰碰更增邻里情谊。

五、 不吃油的车

因为有叔公"香港佬"的经济援助，肥灿爷爷不但建起了围墙，而且每年带肥灿出去走一趟。上个暑假，爷爷带肥灿去了省会。

哇噻，那里的房子好高好高的，看不到顶，起码有几十层。肥灿一回来，便感慨地说道。

我们聚精会神听着。

哇噻，那里有好多好多的汽车，几十辆几百辆，满街跑。肥灿继续感叹。

我们继续聚精会神听着。那阵势，可比听阿妹老师的课认真多了。

不吃油的汽车，你们坐过吗？肥灿以少有的神气说，不但向我们讲述他的见闻，还考验我们来了。

其实，这个是白问的，我们都没有去过省会，哪晓得什么叫不吃油的汽车？我们没有插话，翘首等着肥灿继续讲下去。

肥灿告诉我们，公共汽车顶上有一个"手"，握住上面的电线，汽车就这样"吃电"不用"吃油"。他边说还边配合做手势。神奇吧？最后，肥灿带点鬼马地说。

城市里就是不一样。我们感叹。

我们也尝试做电车吧？片刻，黑权突然抛出鬼主意。

说做就做，我们立即行动，找来单车和竹竿，一起来到村口。

有一组用水泥柱子架起的电线，沿着进村的小路，从村外不知什么地方，一直通到村子里。这就是我们村子用电的来源。

我们三人分工，我骑车，肥灿站在车上，黑权坐在后座扶着他。站在车上的肥灿高高地举着竹竿，去向头顶上的电线要电。

我们要做一回电车！

可想而知，"电车"是做不成的，但是我们玩得很开心。在简单的童年，任何简单的游戏，都会制造无限的欢乐。

六、 坐火车

但是，后来肥灿却带领我们做了一件绝对不简单的事。

暑假，我们跟家人说，我们几个小伙伴一起到圩上，去肥灿亲戚家玩几天。大人们平时都忙于生计，对我们是放养的，没有拒绝也没有担心。

其实，我们只是找个借口，我们的真正目的，是要去体验坐火车。

肥灿说省会的高楼大厦，我们没有多大兴趣。他一说到火车，却把我们吸引住了。

他说他去省会，是坐火车去的。火车好长好长，一数，共有三十多个车厢。火车上有两排座位，大家面对面坐着，中间有个桌子，可以放东西。还有，火车上的盒饭，白白的米饭，嫩嫩的鸡肉，油淋淋的青菜，很好吃。他没说完，我们都已口水汪汪了。

当晚，我们都做了坐火车的梦。第二天，大家不约而同地冒出一个主意，约定暑假一起去坐火车。

走了大半天的路来到圩上，又走了半天的路，我们终于到了火车站。

噢耶，真厉害！见到梦中的火车，见到铮亮的钢轨，我们情不自禁欢呼起来。

那时候，天色已暗下来，进入晚上了。

火车站似乎不是很大，一个四五十米长的坑洼不平的月台，旁边是几座小房子，房子屋檐下吊着几个灯泡，发出暗暗的光，有气无力的。

尽管奔波了一天，我们又困又疲惫，但我们兴奋不已，我们终于看到了停在铁轨上的火车了。火车很长很长，因为光线暗淡，我们向前看不到车头，往后见不着车尾。

哪里买票，哪里上车呢？我们四处张望，没有人理会，周边静悄悄的。

正在这时，响起几声又长又尖的"呜呜呜"声，仿佛要把黑夜刺破。

快，快点上车，火车要开了。黑权反应快，马上尖叫起来。

肥灿家围墙倒塌的一个成效，是让我们同时练就了一身翻墙功夫。我们轻盈地越过不高的围栏，接着轻盈地跳上火车。

我们刚在火车上站稳，还没来得及庆贺，火车已缓缓地启动了。

咦，肥灿呢？突然，我们发现肥灿没有跟我们在一起。

肥灿，肥灿。我们紧张地叫喊。

嘿，嘿，我还没上车哪。伴随着"喀嚓喀嚓"的声音，我们隐隐约约听到黑暗中传来肥灿的叫喊。

唉，这个肥灿，平时就没练好功夫。我们齐声指责他。上不了就拉倒，没有人同情他，因为他已坐过火车，我们都没有。

兴奋劲儿没过，我们很快陷入疑惑。

车厢里没有灯，黑乎乎的；没有其他人，没有凳子桌子；更糟糕的是，我们闻到了一阵阵的屎臭味，紧接着听到周边都是鸡鸭鹅的叫喊声，此起彼伏，和着火车的轰鸣和黑夜，简直就像鬼屋。

这跟肥灿讲的火车的样子完全不一样呀，我们的疑惑逐渐变成了恐慌。

可是，我们叫天天不应，喊地地不灵。本来白天已疲惫不堪，再折腾半天，我们抱在一起，迷迷糊糊睡去了。

第二天天亮醒来后，我们着实吓了一惊。车厢里确实没有凳子桌子，里面叠放着一个个木头箱子，箱子里装的全是鸡鹅鸭。

该死的肥灿，龟孙子肥灿！我们捶胸顿足，破口大骂。

回去我要揍他一顿！高强说。

我以后都不再跟他玩了！大头球说。

黑权托着下巴，好像在思考什么，自言自语地说，奇怪，这小子居然骗敢我们？这可是从来不曾有的事呀。

一路颠簸一路骂，大概中午时分，我们到站了。这时，我们才明白过来，我们上了一列专门运输牲畜的货车！

七、 被当作小偷

火车停稳后，我们迫不及待地跳下车，用力拍打衣服，希望除去身上的鸡鹅鸭毛，还有难闻的气味。黑权则喋喋不休地骂着肥灿。

正当我们打算离开车站时，不知从哪儿冒出三个人，一前两后，把我们堵住了。

我迅速瞄了一遍，他们三人都穿着蓝色粗布工作服，手上戴着沾满油漆的白手套。不同的是，站在前面的头上还戴着一顶军帽子，没有挂五角星；后面两个分别拿着扳手和铁锹。

要打架吗？我心里嘀咕。

站在前面的先开腔说，你们是什么人，干什么来的？声音洪亮，吓人。

我跟黑权、高强、大头球面面相觑，不知如何道起。

偷东西吗？快说！后面的高个子把手中的铁锹用力往地上一插，恶狠狠地说。

还是黑权机灵，他镇定地对着前面的说，段长，我们是乘客，我们是来坐火车的。

坐火车？段长一愣，摊开双手，用粗犷的男中音问道，票呢？拿来，我要看。

哦，噢，票吗？黑权稍微一迟疑，脸微微一红，随即眼睛一眨，故作镇定地答道，对，对，票，我这就去买。

黑权随即转身，迈开脚步，朝不远处看似是车站的房子走去。

我们云里雾里，还没明白过来咋回事，刚走出两步的黑权，却停了下来，侧着身，用力挥着左手，用微微颤抖的声音对我们嚷，谁带了钱，给我，快给我呀！

瞬间，我们都明白过来了，可是，却不约而同地摊开双手，摇起头来。

嗯?! 段长瞪大眼睛，警惕地看着我们。

钱，没有，真的没有。黑权转身回来，老老实实把身上的口袋翻个遍，接着无可奈何地说。

臭小子，没钱居然敢来坐火车？

我们无言以对，也无所适从。

钱，真的没有。小命，请大哥留下吧。黑权似乎没有害怕，还在跟段长交涉。

我急忙补充说，我们原先是带了"钱袋子"来的，可是在半路上，"钱袋子"跑丢了。

"钱袋子"跑丢了？后面的高个子一听，肯定认为我们在耍他，脸色随即变得铁青。他拿起铁锹，用力敲打着钢轨，发出"当当当"的响声。很明显，他对我们失去耐心，用武力威胁我们了。

好汉不吃眼前亏，敌强我弱的时候，我们要战略性撤退。我们看小人书的战争故事，大抵都是这样的情节，先是敌强我弱，我们打不过，那么就战略性撤退，等我们具备条件了，我们就大举反攻，取得最后胜利。于是，我们一五一十地告诉他们原委。

八、 肥灿被抓

肥灿的际遇，比我们更精彩。

在自家围墙一回两回翻越，肥灿的翻墙技术本来长进不少，要对付半截扁担高的火车门槛，小菜一碟。但是，正当要往火车上爬的时候，肥灿的脑海里突然闪现自家围墙倒塌的情景，瞬间手脚僵直，原地发呆。

火车很快完全消失在茫茫黑夜中，周边变得黑漆漆、静悄悄的，只有远处几个掉了灯罩的灯泡，在有气无力地发出暗淡的光。见此情景，肥灿开始害怕，接着号啕大哭。

过了一段时间，肥灿的哭声把巡夜的公安招了过来，把他逮回派出所去了。

不由分说，公安同志把肥灿认定为小偷。他们推演的情节为，白天某个时刻，肥灿爬上车站对面的小山坡，借着树木野草掩护，潜伏在那里，天黑后翻越围栏，偷偷进入车站，然后趁乘客进出车站之机，动手偷窃，并且连连得手。

公安同志把肥灿全身搜查了一遍，搜到了一沓钱，还有两个番薯，这些成为肥灿偷窃的证据。

臭小子，有两下子哟。公安同志斜睨一眼，说道，看不出，年纪轻轻的，咋就成惯偷来着。

肥灿没有回答，低垂着头，双手抱胸，不停地在发抖和哭泣。他还没从害怕中回过神来。

说，快说，你是怎样作案的！公安同志指着桌面上的"英女王"，严厉地说，哼，小崽子，不但偷我们同胞的钱，你居然连资本主义的钱也敢偷？

公安同志搜出肥灿的钱里面，有一些港币硬币。

刚才说过，我们是带了"钱袋子"，可是在半路上跑丢了。肥灿就是我们的"钱袋子"。肥灿家家底殷实，出手大方，所以平时都是他充当我们的"钱袋子"。这次出来，按惯例，我们其他人没带钱就带了番薯，我们每家番薯多的是；就算想带，也不太可能，前面讲了，我们是放养式的。所谓放养，就是你翻山越岭，抓鱼摸虾，大人们都没空暇也懒得管你，只要天黑了你能摸着门儿回来就行；至于吃的喝的，田头地尾都有，自个儿解决。所以，我们根本没想到要带钱出门。

见肥灿不回答，公安同志似乎开始恼火，一拍桌子，"嘣"的一声，随着桌面上的杯子上下一震动，一个"英女王"轻轻地哐当一声掉到地上，左右摇晃几下，没入桌子底下。

生不进衙门死不见官。肥灿哪有见过这场面，浑身一激灵，随即眼泪鼻涕横流。

片刻僵持。

所长，我翻过本子，这几天没有偷窃案件，没听说有人报案被偷东西。一个公安边说边把一本边角皱巴的牛皮本递过去。

所长一听，眉头紧锁，立马警惕起来，把几个民警拉到一旁，交代说，先封锁消息，马上向上级请示汇报，说不定这小子专挑香港人下手，弄不好，这是一个涉外事件，会造成国际影响的。

几个民警一听，不敢怠慢，匆匆忙忙分头忙开了，留下肥灿独自靠墙站立着，哭也不是，走也不是。

正当肥灿眼皮沉重将要进入梦乡的时候，几个公安回来了。虽然害怕、困倦，肥灿清楚地听到他们说，多方请示了解后，还是没有发现偷窃案件。

这样吧，你们查一查，看看有没有小孩失踪的案件。所长吩咐。

这段时间只有丢猪、丢牛的案子。很快，一个公安汇报说，翻过本子了，没有丢失小孩的。

所长轻轻一笑，他突然觉得这案子有点意思。

九、 安全回家

当然，事情后来很快弄清楚了，并且很快得到解决。

接到电话后，第二天下午，村治保主任带着大队写的证明，骑着单车，赶到了派出所。我们则坐着"真正"的火车，差不多在相同的时间到了派出所。

没有太多复杂的手续，派出所只是收了证明，让村治保主任签了字，郑重其事地把我们教育一回，然后就叫我们回家去了。

公安同志把钱点了几遍，还给肥灿，还再三叮嘱肥灿，把钱揣好别丢了。

我们团聚后，原先对肥灿的怒气瞬间消散得无影无踪。因为我们回来时，坐上了肥灿讲的火车。正如肥灿讲的，那列火车好长好长，墨绿色的铁皮车厢，足有三四十多个；火车上的座位每两排相对而坐，软软的挺舒服，两排座位中间还有个小桌子，放东西管用，趴着睡觉方便。

我们几个隔着桌子面对面坐着。窗外，一会儿是慢慢移动的片片山林稻田，一会儿是飞驰而过的错落民房，我们无比兴奋，甚至不时高声尖叫。列车长和乘务员姐姐还给我们送来了盒饭，嫩嫩的鸡肉，油淋淋的青菜，我们一致认为，那是我们吃过的最美味的一顿。

肥灿先是不停地向我们道歉，信誓旦旦说要把家里最好吃的饼干给我们吃。黑权一得意，主动把我们的幸福历程和盘托出，肥灿听后，转而埋怨我们，说我们不该丢下他不管。

听到肥灿肚子咕噜响，大头球马上掏出两个番薯递给他，安慰说，吃哟，凑合着吧。

肥灿伸出手却又突然停住，翘起嘴巴，嘀咕，大家说好一起坐火车，一起吃盒饭的，你们说话不算数。

哈哈哈。我们大笑起来。肥灿终于说出心里话了。

我拍着肥灿肩膀，安慰他说，放心吧，我们共同进退，绝对不会丢下你不管的。

话音未落，黑权抢着说，就是，你放心好啦，你是"钱袋子"，我们怎么舍得丢掉呢？

这小子，真是的！

回到家，少不了被大人们唠叨。我们低着头，不作声，不顶撞，熬过一炷香的工夫，唠叨就会结束，大人们种田的种田，刨土的刨土，各忙各的活去了。我们很清楚，之所以没有出现狂风暴雨，皆因我们没有花家里的钱，又四肢健全头脑正常地回来了。

　　还是前面说的，我们是放养式的。

　　而对于这次"壮举"，我们小伙伴经常津津乐道，一直伴随着我们成长。

第三章　爷爷

没有全叔的日子，我们一群小伙伴还是照样上课，照样疯玩，学习生活的日子，就像太阳周而复始上山下山，在不知不觉中逝去；层层叠叠的叶子该绿的绿该红的红，遍布小山坳的荔枝树还是照常抽蕊挂果，竹林里的竹子依然挺拔屹立着。

一场春雨，依旧是渺无声息而来，如细密针毡般，沥沥淅淅挥洒一阵，很快又没了踪影。太阳公公打个哈欠，伸伸懒腰，慢悠悠地从云朵里探出头来，一群小鸟上下翻飞、互相追逐，渐渐远离视线没入远处山林中，遗落在树叶小草身上零散的小水珠，在阳光下显得晶莹剔透。

这就是我们的村子，没有全叔在的村子。当然，有全叔在的村子，也是这个样子。

依然如故的是，我常常缠住爷爷，要他讲故事。

爷爷讲全叔的事儿讲得最多，但他不单讲全叔，他还讲我们村子或者是跟我们村子有关的事儿。虽然他讲得不像老师那样抑扬顿挫，也常常翻来覆去啰里八嗦，我们却听得很痴迷。就算到了初中高中，我们天天守着收音机听张悦楷"讲古"，但在我内心深处，依旧是爷爷的故事印象最深刻。或许，虽然都是故事，不同的是张悦楷讲的是遥远的事儿，权作娱乐罢了；而爷爷讲的"故事"，虽然我们不是亲身经历，却时常有着身临现场的感觉。

可不，仅仅是捉蛇、"打明火"的事儿，就把我们吸引住了。

一、 丰衣足食的山村

爷爷说，我们村子之前不在这山坳，是在山坳的另一边，翻过前面几座小山峰，就是那个不远不近的地方。

爷爷双目平视，不知是看着远处的山峰，还是那个所谓的不远不近的地方，一字一句，向我们讲述那边的情况。我们得知，那里的土地广阔而平坦，泥巴肥沃，水源丰富，是一个很好的栖息地，祖祖辈辈在那里耕作生活，自足安逸。

天空忽然聚集了无数颗星星，瞪大眼睛，静静地看着爷爷，和围在爷爷膝下的几个小屁孩。

那些水田，好多好大。爷爷张开双手，比喻着，并且似乎自豪地说，就像我们整个村子那么大都不止。

哇噻，那岂不是可以种很多很多的庄稼喽。

爷爷微微地点点头。

不，还可以种很多很多的番薯、玉米呢。肥灿擦擦嘴巴，抢着说。

就你，吃货。黑权拍拍肥灿后脑勺，装作很在行地说道，我看，肯定是种甘蔗啦，还有，还可以种上麻、桑之类哪。

爷爷微微笑着，不点头，也不摇头。

我们一脸茫然。

深深吸过两口烟，爷爷把还冒着青烟的水烟枪放在一旁，继续开腔说道，在地上水源充足的，我们管叫“田”，主要用来种庄稼的，而半山腰的，我们管叫“地”……

爷爷没说完，我们便哈哈大笑起来。黑权猛搓手，微噘嘴，无地自容。

权仔讲得没错，以前是种过桑树，养过蚕的。爷爷认真说道。

哼，就是嘛，我说得没错的。黑权甚是得意。

爷爷告诉我们，我们的祖先不但勤劳，而且非常敢于尝试。在这些大小不一或方或圆的稻田上，尝试过种植桑树、养蚕，也种植过淮山等作物。可是，大概是气候条件不适宜，还是养蚕抽丝的技术不行吧，种桑养蚕后来很快就消失了。

我们听着，脑海里渐渐浮起可爱的雪白蚕虫儿，浮起先辈勤劳的身影。

二、 合力捉蛇

爷爷也说，我们村里人不但勤劳，全体村民都是兄弟，都是一家人，历来都是非常团结和睦的。

有两个故事，爷爷常常挂在嘴边，用来说明村里人如亲兄弟般的事实。

一个是合力捉蛇的事。

有一年，村子里的鸡鸭经常半夜里无缘无故失踪，村民们搜遍全村子，只看到有些地方遗留一些鸡毛鸭毛，大家断定，有野兽来袭。于是，大队和生产队的干部轮流巡夜，驱赶野兽保护牲畜。

可是，几天过去了，大家半夜里经常听到"沙沙沙"的响声，却没见着野兽的踪影。爷爷停顿下来，慢悠悠地吸着他的水烟枪，口中徐徐吐出的烟圈，一圈一圈由小变大，直至慢慢消失在半空中。

爷爷的习惯性动作，像是在卖关子，随着那慢慢上升的烟圈，直把我们的胃口吊到半天上。

是什么野兽，那么可恶的？我们问。

爷爷细长地吐了一口烟，反问我们说，你们猜是什么呢？

我们一起摇头。

太可怕了。爷爷认真地说。

不会是鬼吧？肥灿左右瞄一瞄，紧张地说。

呸，胆小鬼，世界上哪有鬼呢。黑权说。

还真别说，来无影去无踪的，当时大家还真的以为是闹鬼。爷爷说，后来抓到了，才知道是一条蛇。

我们一听，仅仅"噢"一声，没有太多惊奇，毕竟在山林田野间，大的、小的，有毒的、没毒的蛇都会有，我们见得多了也不觉得有啥稀奇的。也经常有村民拿把铁锹，带上硫黄，到山林里捉蛇，不到半天光景，必定有收获。他们把捉到的蛇或炖来吃或泡酒喝，最宝贵的要数蛇胆，据说吃它一个，我们的胆量就会增大一倍。

　　爷爷不紧不慢地张开双臂，做个比喻，接着说，这可不是一般的蛇，它可大了，据说　个人还抱不拢。

　　我们顿时来了兴致。

　　别说鸡鸭了，它一口就把一头猪吞下去，据说有村民亲眼看到的。爷爷还是不紧不慢地讲道，它还会飞檐走壁，一会儿飞到屋顶上，一会儿在几棵大芒果树上穿梭。

　　我们听得口呆目瞪。

　　还是我们的祖辈厉害，后来，全村的男丁都出动了，大家拿着锄头、扁担、铁锹，一起合力把大蛇制服，活捉……

　　那最后怎样处理呢？我们迫不及待地问。

　　爷爷摇摇头，稍一停顿，补充说，后来如何呢，有说是太公分猪肉，宰了分给村民，大家整整吃了三天；有说是在回祠堂的路上，它在大家眼皮底下突然化作青烟，随风消失了；又有说它良心发现，在晚上变身成五颜六色的花儿，开满山野，总之，之后大蛇再没有出现，村子太平了。

　　哗，如果把大蛇的蛇胆吃了，那岂不是胆量增加好几百倍了？

肥灿自言自语。

我们一听，哈哈哈笑着说，那你就胆大包天喽。

爷爷没有陪着我们笑，埋头对着水烟枪，深深吸一口，徐徐吐出烟雾，悠然自得。

三、"打明火"

如果说捉蛇的故事让我们觉得神奇，听着爷爷讲的"打明火"的故事，我们却觉得紧张好玩。

爷爷说过我们村子之前位于山坳的另一边，田地肥沃，那为什么要搬迁到现在这个偏僻的山坳呢？我心里一直有个疑问，后来爷爷给我们讲了"打明火"的故事，我们才知道缘由。

爷爷讲道，村子安逸富足的生活，在一个平淡无奇的日子被打破了。那天，村民大多到远处的田地中劳作，忽然数百人骑马闯进村子，把鸡鸭还有家家户户里值钱的东西掳走，等大家赶回来的时候，他们已跑远了，当然，村民也不敢追赶，对方人多势众，据说手里还拎着大刀。这样的事儿，后来一年有两三回，有一次还在雷电交加的晚上过来，把大家吓个半死。

后来怎样呢？我们紧张地问，跟他们打呀，总不能让他们明抢吧。

爷爷被水烟枪呛了一口，他轻轻咳嗽两下子，接着说，对方人太多了，手里又有家伙，打不过哪，后来只能搬迁，就搬到现在这个地方喽。

看我们充满失望和愤愤不平的样子，爷爷反倒笑了起来，继续跟我们讲下去。村子搬到山坳后，那帮家伙尾随而来，村民守着山口，拿着石头，跟他们打起石头战来。据说战斗连续进行了七天七夜，因为我们居高临下，地形有利，又因为全村子男女老少都出动，无所畏惧，最终把对方打败，自此以后对方再也不敢侵犯我们了。

所以，村子人都是自家人，大家情同手足，有什么事儿要互相帮忙。爷爷很有感慨地总结。

祠堂门口有一个大石磨，据说不动盘和转动盘是由一块大石头凿成的，两扇磨的接触面上都錾有排列整齐的磨齿，用以磨碎粮食，每逢年节，家家户户带着大米到那里磨粉制作糕点。爷爷告诉我们，那台石磨是村民一起合力制作的，石磨的上扇和下扇合在一起才能使用，以此教育大家一定要齐心。

晚上，我做了一个梦，梦里我身披盔甲，手握大棒，腾云驾雾，恍如齐天大圣，把各种妖魔鬼怪打得落花流水。

四、捉田鸡

我喜欢听爷爷讲故事，更喜欢听爷爷的事儿。要说村里人勤劳勇敢，那爷爷无疑是其中一个代表，我一直这样认为。

比如，爷爷有抓鱼捉鸟的本事。

村子周边的河涌生长着许多的鱼儿，放学后、农闲时，我们会结伴去抓鱼。而爷爷除了抓鱼，还常常三更半夜，背上竹箩，拿着手电筒出门，第二天一大早，便带回很多田鸡。

有一天晚上，天空中挂着一轮明月。我背上竹箩，跟着爷爷去捉田鸡。

"稻花香里说丰年，听取蛙声一片"，边走，我边想起古代诗人的诗歌。果然，还没到稻田边，便渐渐听到一阵阵低沉而有节奏的蛙声。

进入田埂后，爷爷向我打个手势，我们便放轻脚步，瞪大双眼寻找田鸡的身影。

很快，在一处小水沟里发现了一只全身翠绿的田鸡。我心中好不兴奋，猫着腰，小心翼翼地把手靠近田鸡，当手掌靠近田鸡时，我突然发力，以迅雷不及掩耳的速度冲向田鸡。正当我以为猎物会手到擒来之时，田鸡却敏捷地向左一跳，随即迅速消失在稻田中。

由于用力过猛，我一头栽到水沟里。田鸡没捉到，反倒弄得浑身泥巴，好不狼狈。

不要猴急，不要猴急。爷爷边把我拉起来，边鼓励我说，要讲究方法的。

很快，我们又发现了田鸡的身影。只见爷爷用手电筒照着它的眼睛，田鸡便趴着不动了。爷爷不紧不慢地猫下腰，一手就把它捉住了。

当晚，我们的收获颇丰，第二天的早餐，一家人大吃了一顿美味的田鸡粥。

五、 捕麻雀

除了捉田鸡，爷爷还有一手绝活——捉麻雀。

麻雀是我们最常见的鸟儿，经常成群结队在我们村子迂回飞行玩耍，尤其是到了水稻成熟的时候，它们突然冒出上百上千只，集体到田里觅食。于是，一直以来，我们把这些小精灵视作害虫，想尽办法驱赶。也有村民用不同的方法捕捉，爷爷是其中一个。

我们村子后面有一块很大的空地，那是大家晒谷的地方，因而也是麻雀喜欢光顾的地方。

在晒谷的间隙，爷爷通常找来箩筐、绳子，折断一根树枝撑着筐子，绳子一头绑着树枝，一头远远地牵着，然后在箩筐下面撒上稻谷，静静地等待着鸟儿到来。

因为前来觅食的鸟儿多，因而进入箩筐陷阱被捕捉的也多，往往半天的工夫，就有好几十只。

这些小精灵的脑袋不大，眼睛小而有神；身体小巧，浑身长着灰褐色羽毛，和树皮的颜色相似，颈部和腹部点缀着白色毛发，匀称美观。

我常常拿着捕捉到的麻雀把玩，也常常跟爷爷讨论说，这么可爱的小动物，我们为什么要捕捉它们呢？

它们经常到我们的庄稼地去偷吃粮食哪。爷爷回答。

我看不一定呀，它们有时也吃些小昆虫的。

爷爷没有答话，只是专注地看着箩筐。

我曾听爷爷讲过，全叔捕捉麻雀的方法更神奇，他不用网兜，不用箩筐，就用弹弓——我们有时候玩的用树杈做的玩意儿。据说，全叔就用弹弓小石子打麻雀，一打一个准，极少落空。有一段时间，我缠着全叔，要他带我去打麻雀，但是他摇头摆手，死活不肯，所以我从来没见过全叔的神奇。但是，全叔的弹弓打得准我是亲眼看到过的，那是打芒果。在芒果成熟的时候，全叔有时候会偷偷带我们去打芒果吃，只见他在弹弓里装上小石块，右手拉紧，眯上左眼，随着"啪"一声，芒果便掉下来了。

后来，捉田鸡捕麻雀的活动慢慢消失了。因为不久以后，县里的巧巧老师来到我们村子任教，她不断教导我们说田鸡麻雀都是我们人类的朋友，叫我们要爱护我们的朋友，保护好我们的生态环境，要不然，生物链被破坏，庄稼就会遭受虫害，最终受害的还是我们人类自己。我们听从巧巧老师的教导，不再捉田鸡捕麻雀了。

六、 戽鱼

虽然不再捉田鸡捕麻雀，但村子处处是我们的乐园。比如村子前面遍布的小溪。这些小溪平时用于灌溉，而一到夏天，它们可就成了我们的乐园。我们一帮小伙伴在小溪里玩水、打仗，在水中捉鱼、捕虾、抓蟹。其中，最好玩也通常是收获最大的，莫过于戽鱼了。

戽鱼，就是戽干一段小溪里的水，抓捕里面的鱼，又或者叫"竭泽而渔"吧。

我们通常选择水面不大不小，水面的水浮莲或者水草比较多的一段小溪流，鱼儿喜欢藏在这些地方，鱼多虾肥。然后用泥土在两头砌成堤坝挡水，再用水勺、戽斗将该段溪流里的水戽干。等到水减少到差不多见底的时候，水里的鱼儿受到打扰惊吓就会乱跳，这时，我们就优游淡定地一一把它们生擒活捉了。

这天，我和黑权、肥灿一帮小伙伴，扛着工具，跟着爷爷戽鱼。

我们选好一段溪流，在爷爷的指挥下，大家各就各位，先是在两端挖泥筑堤，把这一段溪流截断，然后分为两拨人，分别在两端戽水，一斗一斗的溪水，哗啦啦往外泼去，令人眼花缭乱。

肥灿，你使劲呀，怎么像个娘儿有气无力的。黑权跟肥灿一组，看着肥灿总是慢半拍的样子，气就上来了。

好累呀。肥灿喘着气，抹着汗，说。

蔫了的样子，你昨天没吃饭么？黑权气呼呼地说。

我跟高强、大头球在另一端，向他们打出胜利的手势。黑权一看，不甘示弱，索性脱掉上衣，只留下短裤衩，用戽斗一拨一拨没命地往外倒水，似乎有使不完的劲。

很快，被截断的小溪里的水少了一半，一些稍大的鱼儿已经按捺不住，不时浮出水面猛然打个转儿，激起阵阵涟漪，看似要探出头来看个究竟。

大干一轮后，我们都停下来，稍作休息。看着不时冒出头来的大大小小的鱼儿，我们的心中充满了收获的期待。

爷爷则独个儿蹲在田埂上，提起水烟枪，美味地吸上一口。

全叔，站在爷爷身边的，那不正是全叔吗？我揉揉眼睛，再看，那只不过是徐徐上升的烟圈而已。然而，我的脑海中，却是怎么也挥不去全叔的影子。

以前，我经常跟着爷爷和全叔来戽鱼，他们都是戽鱼的好手，尤其是捉泥鳅。当水沟里的水戽干后，泥鳅就会钻进泥巴深处，这时就扒开泥巴去捉。记得有一次，我双手用力翻泥，但是要不就是见不着泥鳅踪影，要不就是身体光滑的泥鳅瞬间从指缝间溜走了，忙乎了大半天却一无所获，反而弄得浑身泥巴。后来，爷爷和全叔指导我说，首先要学会辨别，看泥土里的一个个圆孔，如果有细小的气泡，那下面就有泥鳅了。接着是把它们捧上来，双掌拱成弧形，往圆孔两旁一插，收拢十指，猛然出泥，一条泥鳅就连泥一起被捧出来了。最后是把它们捉住，可以把它们捧住，也可以用手指把它们的头捏紧。而我后来通常用的方法是，把它们连泥巴一起丢在地面上，等它们走不动了再慢慢捉住。

全叔不仅捉泥鳅了得，而且还会煮泥鳅。他把泥鳅洗净，去肠，下锅红烧，加上豆豉、葱花，顿时香气四溢，煞是诱人，我们便会捧着装有泥鳅的饭碗，在附近巷口炫耀，有时也会串门跟邻居换一些煎蛋之类的菜来吃。如果收获多，全叔还会把泥鳅处理好晾晒，做成泥鳅干，嘴馋的时候就用来加菜。现在回想起来，我都会忍不住流下口水。

七、 满载而归

肥灿，等会儿你要使劲，别让狗仔他们嘲笑我们。黑权对着肥灿说，看来很不满肥灿刚才的表现。

我吃奶的力气都使出来了，你看，我的汗水还比你的多呢。肥灿挥一挥膀子，也不示弱。

肥灿，蛇，你后面有蛇！突然，黑权对着肥灿惊叫起来。

肥灿一惊，匆忙往旁边躲闪，脚一滑，摔倒在小溪里。

人肯定是没事的，我们平时也经常在小溪里摸爬滚打玩耍，可是，意想不到的是，肥灿不偏不倚，直接压在堤坝上，把堤坝压垮了，堤坝外面的水瞬间哗啦哗啦往里面涌。

肥灿，堵住，快堵住！黑权尖叫起来。

无奈堤坝缺口太大，堤坝外的水压又大，我们补上去的泥巴一下子就被冲开。

眼看就要功亏一篑，黑权灵机一动，冲着肥灿说，向黄继光学习，用身体堵住！

肥灿还算机灵，一听马上明白，然后迅速躺在堤坝前面，用自己胖胖的身体堵住外面的水。我们共同配合，很快用泥巴稻草把堤坝重新筑好。

看着肥灿浑身泥巴，我们既开心，又赞赏。

虽然经过一番折腾，但是收获很大，我们捉到了大半篓泥鳅、塘鲺、黄鳝，各种小鱼小虾，还有几条比较大的鲤鱼。我们哼着歌儿，踏着夕阳，满载而归。

快到家门口时，黑权掏出一条平时很难抓到的黑鲤鱼递给肥灿，说，这是对你今天英勇行为的嘉奖。

肥灿伸出双手想接，稍一停顿，又缩回去，红着脸说，今天我不好，压坏堤坝，够折腾的。

黑权把黑鲤鱼硬塞给肥灿，说，应该的，应该的。

刚走出两步，黑权狡黠一笑，悄悄地跟我们说，其实今天没有蛇，是吓唬肥灿的。

我们一听，又是开心地笑起来。

捉田鸡捕麻雀也好，戽鱼也好，留给村里一代一代人的，是心头难忘的记忆。

八、 打鬼子

爷爷讲的故事中，我觉得最神乎的是下南洋。

爷爷说，自打娃儿起，他就和二叔公等众人一道，跟着太公走香港谋生。那时候，香港只是一个破落的小渔村，大家可以自由进出。他们挑着自家种植的蔬菜瓜果，步行两天两夜，来到香港售卖。

有一次，半路上遇到了一群小鬼子。爷爷表情突然严肃起来，可把我们吓了个半死。

我们立刻竖起耳朵，凝神屏气。

他们头顶屁帘帽，身背"章鱼包"，脚蹬高筒鞋，手握三八大盖，凶神恶煞的。爷爷深深吸一口烟，继续说道，他们一上来，就把我们团团围住，叽里咕噜说个不停。

那咋办？我们问。

见我们不回话，其实我们哪里晓得他们叽里咕噜什么呢。这些鬼子呀，二话不说，把我们的瓜果夺去，还用枪托打我们，驱赶我们，想把我们抓去做苦力呢。爷爷愤慨地说道。

后来有没有被抓走呢？我们追问。

当然没有哪。爷爷放下水烟枪，搓搓拳头，说，我们跟鬼子干上了，反正跟着他们走是死路一条。我们用扁担对付他们的三八大盖，把他们打得屁滚尿流。要说厉害，非你太公莫属，他左一拳，右一拳，两下子工夫就把四个鬼子打得趴在地上。嘿，你们还不知道，你太公年轻的时候去过少林寺还是武当山，学过功夫，有两下子拳脚的。

后来呢？

后来，他们搬救兵过来，一下子冒出来好几十个……爷爷接着说。

再后来呢？

我们不断追问，爷爷却慢慢合上眼睛，见周公去了。

所以，爷爷讲的是真事还是梦话，我们一直心存疑问。甭管他，总之，全叔也好，爷爷他们也罢，一直是勤劳勇敢的化身。

第四章　黑权

坐火车余温未消，我们的"壮举"层出不穷。因为我们当中，有一个很鬼的伙伴——黑权。

那次在火车站被二人拿起铁锹武力威胁，全靠黑权扭转局面，夸大点说，是力挽狂澜。当时站在我们前面的那个，手臂上挂着红袖章，精明的黑权马上就知道是个头儿。黑权管他叫段长，段长一听，态度马上缓和下来；黑权再叫他领导同志，嘿，得食，段长眉开眼笑，热情无比。

不用说，一路顺畅，于是就有了我们后面的，免费坐火车吃盒饭。所以，没有全叔的日子，天不塌地照转，牛照样吃草，猪还是不会上树。

一、 泉眼

我们村子四面环山，其中，正面的小山坡上是一片树林，树木又高又直，地面相对平缓。那里有溪流，有茂盛的草地。我们经常到那里放牛，玩耍。

小山坡下有一口泉眼，常年不断，流出的泉水清澈、甘甜。

别小看那一口泉眼，它养育着我们世世代代。

我们在小山坡上放牛，玩耍，累了渴了，跑下来，咕噜咕噜喝几口，马上精神爽利。在田里干活的大人，困了渴了，跑过去，咕噜咕噜喝几口，马上又来劲了。

那时候我们缺乏水壶，有了这一口泉眼，也没必要带。

那天，我们把牛牵到小山坡上，让它自由吃草，我们便在那里翻跟斗，捉迷藏。

正玩得兴起，肥灿惊奇地叫喊起来，快来快来，地塌了！

我们跑过去一看，地上出现了一个一尺见方的洞。

我们小心翼翼趴下，认真观察。洞口小，里面黑黑的，看不到东西，但是仔细听，有轻轻的流水声。

暗流，下面是暗流。经过一番判断，我们认定地下是一个暗流。

起初，我们并不在意，地下水流，再正常不过了。环视四周后，精灵的黑权提出，这地下水流，是不是流到下方两百米外的泉眼呢？

好奇心马上变成了行动。我们要弄个明白。

我们找来一大把树叶，丢到洞子里，然后叫肥灿快步跑到泉眼那里等候观察。

半天，肥灿跑回来说，啥也没有，泉水清澈如常。

黑权思考了一阵子，对肥灿说，你守候在泉眼，看我的手势，我一挥手，你就喝一口，好好品味，看有没有异常。

等到肥灿跑远了，黑权鬼马地说，开枪。于是，我们一起朝着洞口撒尿。

片刻，黑权向肥灿连续打了五次手势，不用说，老实巴交的肥灿喝了五大口水。

泉水味道如何？黑权问。

很好。肥灿回答。

味道没有不同吗？黑权继续问。

肥灿左右摇头，一手捧着胀鼓鼓的肚子，一手抹着汗。

不可能的，不可能的。黑权不甘心，肯定地说，我们撒了那么多尿进去，不可能没有味道的。

肥灿一听，脸色红一块青一块，随即"喀喀喀"，吐了一地水。

二、 闯祸

不达目的不甘心。我们几个决定，一定要想办法弄个水落石出。

黑权的鬼点子就是多，很快，他又有了新主意，我们一致叫绝。

　　我们分头找来水桶，再一起跑到纸厂，装来了几桶纸厂排出的水。前面没说，纸厂生产红彤彤的纸，排出的，是比纸还要红的水。

　　按照黑权的主意，我们把几桶红水倒进洞子里，然后快步跑到泉眼观察。

　　不出所料，清澈的泉水，慢慢变红。

　　噢耶，成功啦！我们高兴得蹦蹦跳跳，踏着夕阳光，凯旋回家。

　　吃晚饭的时候，治保主任匆匆忙忙把村子几个老人家召集到祠堂，说有紧要事情商量。

　　看着他们急急脚，神色紧张，我预感可能发生了什么大事情。一放下碗，我拉上肥灿、黑权他们跑到祠堂，躲在一边偷听。

　　大事，大事，泉眼流红水了！治保主任紧张地说。

　　什么？红水就是血呀，不好的预兆啊！

　　这可是祖祖辈辈以来头一遭。

　　我们村肯定要出大事了！

　　祠堂门口坐着的，是上了年纪的乡亲。在我的记忆中，凡是村子的老人聚集一起，无非是两个结果，一个是喜事，比如谁家娶媳妇之类的；另外一个，是村子可能遇到不好的事情。

　　大家七嘴八舌，越说越紧张，周边弥漫着恐慌。我和黑权他们很快听明白了是咋回事，但是，我们哪敢插嘴？

　　肥灿似乎感到气氛不对，喃喃自语，糟糕，糟糕了。

黑权向我们使个眼色，于是，没等老人们说完明天如何杀猪宰牛烧香，我们便不动声色悄悄溜回家去了。

回家的路上，黑权郑重其事地跟我们每一个人强调，我们是一个坚强的战斗堡垒，我们要执行铁的纪律，不能随便透露我方的行动。

看到肥灿绷紧神经，身体有些微微发抖，黑权张开大手，用力搂过他，惺惺一笑，说，组织相信你的！那情形，十足是什么战斗片里首长对士兵的关怀。

而我们则张开嘴巴偷笑。

三、 铁 的 纪 律

说起铁的纪律，肥灿是不折不扣执行过一回的。

那时候我们玩得最多的游戏，是"打美国"。我们学校后面百来米远的小山坡，是天然的好战场——地形高低错落，有着各种各样的战壕；草木茂盛而不杂乱，种下十多年、长得不高不矮的荔枝树，正适合我们攀爬。旁边是鳞次栉比的梯田，种满甘蔗、番薯、玉米等。我们可以在各种地形躲藏，可以爬到树上来个出奇制胜。相对于上甘岭，我们的志愿军战士躲在猫儿洞没水喝没东西吃，我们"打美国"可是后勤保证充足。渴了，有天然泉水，清澈甘甜随便喝，不需要大自然搬运工；饿了，甘蔗、番

薯、玉米，随手可得，天然环保。直到日落西山，我们才筋疲力
尽、汗流浃背跑回家。

那天放学后，我们一起来到了战场，随手把书包往地上一扔，
便按惯例开始"站队"。既然是"打美国"，就有正义的我方，也
有敌人。肥灿人肥腿短，总跑在后面，所以每次都做了"美国鬼
子"。

肥灿，快点，你这熊样，怪不得我们每次都被打败！"美国
鬼子"扬着手，抱怨说。

肥灿可不管，依旧扭着屁股，不紧不慢地走过来，自嘲说，
快也得死，慢也得死，我们是"纸老虎"咧。

哈哈哈，我们都乐开了。

不行，你们不能欺负肥灿。今天转性了，黑权居然维护肥灿。
最后胜利肯定是我方的，要不怎么建起新中国。

黑权的理论一套一套的。

"敌人"高强、大头球齐声说，那肥灿归你们，你们把他收
编算了。

好呀，肥灿改邪归正，弃暗投明！我欢呼。

黑权却狡黠一笑，随即两手一挥，我们便像接到命令似的，
迅速往两边散开，寻找地形，排兵布阵去了。

在我方商量战术、安排分工时，我才明白黑权的鬼马。

我们战斗的规则是，被"打中"的，就在原地不能出声不能
走动，先把对方全部人员"消灭"为胜利。但是，每一方可以安

排一名"卫生员",他没有战斗力,但是他可以救活被"打中"的人。

黑权安排肥灿做"卫生员"。黑权让"敌人"心甘情愿地把肥灿送过来,不仅多了人手,而且肥灿最服从"命令"。黑权很高明,他说,只要"卫生员"不被"打死",我们就肯定胜利。

真服了他!

于是,为了保证"卫生员"不被打死,我们找了一个甘蔗地,那里比较隐蔽,不容易被发现,另外,甘蔗叶很容易把手脚刮伤,除了偷甘蔗吃之外,我们一般不钻甘蔗地的。

仿如战前连长下达命令,黑权严肃认真地对肥灿说,你要坚守岗位,没有我的命令,不能随便行动。解放全中国,全靠你了,明白吗?

明白。保证完成任务!肥灿挺直腰杆,行个军礼,铿锵有力地说。

那天的"战斗"异常激烈。我们戴着草和树叶编成的帽子伪装,时而匍匐前进,伺机歼敌;时而绕到后面,奇兵突袭,直把"敌人"打得落花流水,乖乖投降。

有个细节充分说明"战斗"的激烈,晚饭,我们都比平常多吃了两碗!

玩够了,吃饱了,我们准备又结队晃荡时,肥灿的妈妈边敲着碗,边挨家挨户寻找肥灿。肥灿妈妈还边走边骂,猫狗都回来,你这崽子不认门了!

糟了！我们心一惊。

最后，在甘蔗地里找到了肥灿——这个没有战斗力的"卫生员"，一直坚守着岗位！黑权没有发出命令，"卫生员"不敢行动，而我们玩得忘乎所以，也把我们的新战友肥灿忘记了。

看着被蚊子叮得到处是"包"的肥灿，我们刚才英勇"战斗"的气概消失了，满脸的愧疚——除了黑权，他居然还拍着肥灿的肩膀说，同志，好样的，军功章给你一大半！

四、　试验成功

说回泉水的事情吧。

每有不吉利的事儿，村子便会杀猪宰牛烧香，祈求上苍庇佑。泉眼流红水，无缘无故第一回，可算得上是村子的大事了，可想而知，几个牵头的老人，当晚彻夜未眠，紧张地张罗。

第二天早上上学，我们有意绕过祠堂，打探动向。不出所料，我们看到祠堂里，已摆放着杀好的鸡，好多，粗略一数，不下十只。当然，香和蜡烛之类的东西是少不了的。

哇噻，好吃。肥灿流着口水说。

我们当然知道好吃，但是那是孝敬神灵的。

这次偏被肥灿言中，晚饭，我们在祠堂幸福地享用了那些肥鸡。

当早上大家到了泉眼那里时，又惊又喜。泉眼重新流出清澈的泉水，不冒红水了，连红水的痕迹也没有。

老人们又是聚集在祠堂，一番讨论，最后做出一个结论和一个决定。

结论为，村子世代善良勤劳，诚心孝顺，上苍没有怪责我们。而决定是，把杀好的肥鸡，给全村人一起吃掉。

肥鸡，好香哦。肥灿打着嗝说，我们再弄一次红水，如何？

去你的！黑权责骂加警告说，红水和肥鸡一样，要永远烂在肚子里。

我佩服黑权，真不知道他哪来的理论。我则有另一种阐释，第一次错误那叫错误，同样的再有第二次，那叫白痴了。当然，如果有恒心，坚持一百遍，那就成天才了。

五、 捅蜂窝

天才注定成不了的。

前面说过，我们村子山路难走，一直走不出一个大学生，甚至连勤奋聪明的全叔都不行，我们这些"土包子"能有什么作为？我们也没有把一件事重复做一百遍的恒心和勇气，好了伤疤忘了痛，不出几天，我们又有了新的"壮举"，形式和内容不同，效果嘛，嘿嘿……

如果说学校后面的小山坡是我们的乐园，那么，村子正前方的林子，则是我们的"苦地"。

村子正前方，是一片茂盛的树林，叫不出名字，但跟荔枝树不同，那里的树高大、挺拔，就算是烈日当空，钻到里面，清凉惬意。林子的地势相对平坦，周边有小溪流，小溪那儿有丰富的水草，不少的鱼儿，是我们小孩子干农活的主要场所。我们经常到那里放牛、抓鱼。

在干活之余，我们经常因地制宜找乐子。

"打美国"打累了，翻跟斗厌倦了，这天，黑权提出了一个大胆玩意儿——捣蜂窝。

在茂盛的林子里，除了飞鸟多，就是黄蜂多，在高高的树上，有好几个很大的蜂窝。平时，我们对黄蜂这个大自然的小小伙伴没有太多在意，我们放牛、抓鱼，"打美国"、翻跟斗，黄蜂小伙伴在我们头顶盘旋。大家各得其乐，多年来相安无事。

我们对黑权的大胆玩意儿欢呼叫绝之余，提出担忧。

这么高的树，我们怎么捅？高强说。

黄蜂蜇人很痛的。肥灿说。

对这些问题，黑权似乎想过了，把任务分派给每个人后，胸有成竹地说，今天目标是两个蜂窝！

很快，我们分头找来了竹竿、镰刀、绳子，还有每人一件雨衣。

把镰刀绑在竹竿上，这是进攻的武器。每人套一件雨衣，这是防护服。黑权叮嘱大家说，蜂窝一掉下来，我们就要把雨衣裹紧，以最快的速度跑开跑远。

这怎么办呢，怎么办呢？肥灿在一旁紧张地嚷开。

原来，雨衣跟肥灿不匹配，他往下拉，露出了头；往上提，露出了脚。

甭管，你跑快点就好。黑权说。

他能快个球。高强说。

跑不快你就做乌龟，趴在地上缩成一团。黑权不耐烦地说。同时，他扬扬手，指挥高强、大头球开始行动。

竹竿绑上镰刀，开始向一个黄蜂窝进攻。

那个蜂窝藏在七八米高的树丫里，椭圆型，仿如篮球般大小。几次尝试，镰刀不是钩不中，就是被树枝卡住。

定点，定点。在一旁的黑权，边指挥边鼓劲说。

可是，竹竿镰刀还是摇摇晃晃，没个准星。高强、大头球头上渐渐冒出了汗珠。而肥灿则在一旁继续上下摆弄他的雨衣。没办法，大家都是第一次干这活儿。

受到惊扰，黄蜂开始飞出窝子，在周围盘旋，有些已经离我们比较近了。看着这些越来越密集的像日本鬼子"轰炸机"的黄蜂，我们更紧张了，高强、大头球双脚微微发抖。

黑权一捶胸，不耐烦了，把雨衣脱下放在脚边，拿过竹竿亲自动手进攻。

大家准备好，蜂窝一掉下来，就要按不同的方向，赶快跑开。

黑权还很细心很有经验地提醒我们。

黑权的确有经验，捅了四五下，蜂窝左右摇晃几下，随着刮碰树叶树枝"沙沙沙"的响声，往下掉。

捅蜂窝成功了，第一次"壮举"有了不一样的结果。

六、 被黄蜂袭击

被捣了老巢，鬼子"轰炸机"瞬间倾巢而出，向我们疯狂袭来。

走啊！

说时迟那时快，在黑权大声喊叫的同时，我和高强、大头球，双手拉紧雨衣，朝着原先确定好的方向，撒腿分头飞奔。

妈的，我的雨衣呢？刚跑出两步，身后传来了黑权紧张的叫骂声。

接着，声音由大变小，变得断续而惊恐，哎呀……救命呀……兔崽子……肥灿……

我们不敢回头看，更不敢停顿，继续没命地往前跑。

当蜂窝往下掉的时候，肥灿马上按黑权教他的方法，像乌龟的样子，趴在地上缩成一团，可是雨衣太小，露出了脑袋。看见旁边地上还有一件雨衣，肥灿反应奇快，一手扯过来把脑袋裹紧。

雨衣被肥灿夺取，黑权只能撒腿狂奔，一边飞奔一边用双手胡乱挥打，做有限的还击。结果，第一次捅蜂窝的"壮举"，除了消灭一个蜂窝外，我们的团队里还多了一个"肥灿"。

　　一直跑出五六百米远，我们喘着大气，来到约定的会师地点。

　　在会师地点见不着肥灿，我们一点也不感到意外。当看到手肿脚肿的黑权时，我们却惊讶得张大嘴巴，半天说不出话来。

　　而肥灿用两件雨衣把自己裹得严严实实，龟缩在原地，躲过了"鬼子"的袭击，毫发无损。对于黑权，他只能"割地赔款"，求得"和平"——给黑权一大包香港果汁软糖，外加两包巧克力饼干。

七、 误烧林子

　　好了伤疤忘了痛。不出十天，黑权找我们商量，要干掉最大的蜂窝！

　　不会吧，作死?! 我们好不吃惊，异口同声地说。

　　对。一定要干掉！黑权双手握拳，铮铮铁骨、大义凛然地说，有仇不报非君子，不成功便成仁！

　　当黑权抛出攻击方案后，我们随即拍手称快，开心地翻起跟斗。行动没开始，我们已能想象出"小鬼子"的悲惨下场。

　　我们找来一根长长的竹竿，一端缠上废布条，浇上煤油，点燃。

"小鬼子"，断你手脚。黑权笑着说，看你往哪里逃。

我们从头到脚，把自己裹得严严实实。准备妥当后，黑权一声令下，我们举起长"火把"，直向最大的蜂窝发起攻击，仿如百万雄师渡长江，我们顿时心潮澎湃，气势如虹。

黑权的攻击方案的确很成功，"小鬼子"突然受到攻击，被烧得死的死，逃的逃，噼噼啪啪直往下掉。

正当我们好不得意的时候，预想不到的事情发生了——"火把"引燃一些树叶，其时正值秋天，风高气爽，不到一会儿工夫，整个林子烧着了，大火融融，成了恐怖的火海。

开始时说过，全叔凌晨跑到学堂看书，巡夜的治保主任以为有贼，把铜锣敲得当当响，那只是听说。这一次，我们是亲眼看到亲耳听到了，治保主任把铜锣敲得当当响，响声在群山回荡，在众人心中震动。

全村男女老少倾巢而出，大家捧着木盆、提着胶桶，在池塘、小溪跟林子间来回奔波，火光烧红半边天，各种叫喊声响彻云霄。折腾大半天，终于把火扑灭，但是，村子前面的林子基本被烧毁了。

八、 等待受罚

　　傍晚，大队书记、治保主任，最年长的十多个老人，还有我们几个的爹妈，聚集到祠堂里。不用说，每逢这阵势，凶多吉少。

　　火光之灾，大事不妙！

　　作孽，作孽！

　　我们怎样向列祖列宗交代，怎样向子子孙孙交代？

　　大家神色凝重地讨论着。

　　每逢大事，乡亲父老都会在这里聚集。比如谁家娶媳妇或者添丁，这里就成了村子大饭堂；出了不好的事情，这里就成为会议室。平时这里也很热闹。这些，以后再细说吧，我们正六神无主，惊恐发抖呢。

　　我和黑权、肥灿、高强、大头球几个也在祠堂，不过我们是被关在祠堂里面的一个小房间里。跟上次天壤之别，不要说开溜吃肥鸡，能否保住小命也难说。

　　把我的皮肉打烂了，我以后怎么娶媳妇呀？大头球说。

　　亏你还有心思娶媳妇，不把手脚打断就便宜你了。高强说。

　　我们会不会被关进鸡笼，扔到池塘里面，泡死？肥灿不停地抽泣，说，泡死很难看的，全身浮肿，恶心。

　　我安慰肥灿说，别担心，我们不是伤风败俗，他们用不着那么狠吧。

　　大江东去，浪淘尽，数千古风流人物，还望明朝。高强吟唱。大难临头，亏他还有雅兴。

　　说归说，看到爹妈在外面，低着头，抹着眼泪，我们后悔，更害怕。

　　我想起全叔，我还是不明白他为什么离开我们，但是似乎感觉这是命中注定，注定他要离开，注定他会过上好生活。他离开那段时间，我经常想念他，经常缠着爷爷二叔公，问这问那。他们一直三缄其口，没有讲半点关于全叔的事儿。

　　直到约莫半年后，我发现爷爷二叔公半个月就会去一趟邻村亲戚家，回来后都是很开心的模样，我断定，他们的行动跟全叔有关。后来我弄明白，全叔把信寄到亲戚家，他们去接信看信。

　　其实，全叔还寄了几套小人书给我，有西游记、三国演义，还有智取威虎山、平型关大捷等等。爷爷二叔公一直把书藏着，将近一年才拿出来给我，还千叮万嘱叫我不要声张。我领悟，没有声张。

　　无可奈何花落去，似曾相识燕归来，我从难得的小人书里读到了快乐和梦想，从爷爷二叔公的安逸中读到了快乐和期盼。

九、峰回路转

看来，这次要杀一头牛孝敬祖宗了。

是哦，要虔诚，一定要虔诚，这是全村子的命运哪。

二娃家的牛最胖最壮，就杀他家的吧。

听着大人们的议论，原先的惊恐反而渐渐平复，不由自主地变成口水在嘴里翻滚。

在大家基本统一意见后，准备在村子"最高议会"形成决议之前，大队书记匆匆忙忙跑到大队部去接电话，片刻，他又匆匆忙忙跑回来，简单说了几句话把大家遣散后，再次匆匆忙忙往大队部跑。

第二天上午，乡亲父老分三拨忙开了。一拨清理林子残草断树，一拨打扫屋前屋后猪粪鸡屎。大队书记带着剩下一拨人，早早跑到山口，列队等候。

战时思良将，用人正当时。因为人手紧缺，我们几个被放出来，临时委以重任，负责把在巷子里溜达的猪狗鸡鸭赶回家，关进笼子里。

得以暂时脱身，我们又惊又喜，干得特别卖力，吆喝得嗓子沙哑。割禾莳田我们不灵醒，抓鸡赶猪我们可利索。在大队书记指定的时限一个小时之前，我们顺利完成了任务。

霎时间，村子就像由"丽丽"变成了"雪儿"，定睛细看，我们自己也不敢相信。我们在巷子里左冲右突，不再怕碰到猪狗鸭鸡；深深一呼吸，甜甜的原野花草香，不再是难闻的杂陈五味。

噢，"丽丽""雪儿"是谁？等会儿再跟你们讲，我们正忙着要紧事。

我们撒腿向山口一路飞奔。听说有个大人物要来。看村里的架势，不用猜，这个人物肯定不一般，我们要见识见识。

十、　大人物要过来

乡亲父老一百来人，早早就在山口等候。

大队书记在最前面，不停地来回踱步，举头张望。治保主任左右巡视，不断提醒大家打起精神。而乡亲父老有的斜靠着树站着，有的蹲着，有的坐在黄泥土坯上；打瞌睡的，神聊的，各式各样。

二叔公也在。他站在一旁，默不作声，眼睛出神地望着前方。

虽然小屁孩一个，我却隐隐约约体会到二叔公的心思，正如我想的——全叔，你现在在哪里，什么时候回来？

思念如烧酒一般越陈越烈。有一个晚上，我突然哭了，因为想起全叔。我把一根扁担折断，拿着半截去找爷爷。

是不是长到扁担高的时候，我就会明白很多事情的？我问爷爷。

爷爷一愣，似是而非地点点头。

我把半截扁担树在地上，悻悻地说，我已经高过扁担了，但我还是不明白全叔为什么要走，他什么时候回来？！

爷爷嘴唇动了一下，似乎想说什么，最后却没说，只是用他那双长满老茧的手轻轻拍着我的肩膀。一旁的二叔公，眼眶里似乎闪烁着什么。

全叔一定会坐着八人大轿，衣锦还乡的。看着二叔公这个样子，我突然冒出一句。

二叔公分明是听到我说话了，但是没有作声，仍然是出神地望着前方。

多年以后，我背上行囊求学远方，二叔公当时的表情经常浮现在我脑海里，慢慢地，我明白了儿行千里母担忧的个中滋味。

来了，来了！

当太阳像发高烧似的炙烤着大地，我们汗水滴干肚皮饿扁的时候，远处慢慢扬起灰尘，灰尘由远及近，由小变大，直到在山口下一百来米远停了下来。

十一、 接待大人物

当尘埃落定，我看清楚了，路上停了八台车。领头的，是一台吉普，像电影里首长坐的那种；中间是几台面包车，后面是一台人货车。我眼利，看到上面写着"县电视台"四个字。

大人物确实是不一样。

车子刚停下，其他车上的人就匆忙下车。等到大家在两旁站好，大人物才慢条斯理地，从领头吉普车后面的面包车里钻出来。

不一样的还多着呢。

走进村的山路吧，大人物一步一停顿，不紧不慢的。我们平时不用两下子走完的山路，他足足走了十多分钟。

他是不是脚受伤了呢？肥灿说。

没有瘸拐，不像呀。高强回答。

可能是肚子大身体重吧。肥灿说。

不对，你那么重也跑得很快呀。黑杈看看肥灿，接着说，可能怕弄坏那双皮鞋吧，你们看，就像二娃家刚上漆的大门，锃亮锃亮的，等会儿我们可要离远点儿，肯定会发出难闻的油漆味。

歪理。高强不认同，继续说，四平八稳，气定神闲，大人物本来就是这样的噢，你们忘记了，大戏里大官出场，就是这个架势。唔，不过，他的肚子上少挂了一个轮框。

我倒不是这样认为。我觉得他是有意谦让前面的人。有两个人举着摄影机，跑在前面，总是把镜头对着他。

等到大人物好不容易爬上小山坡，场面一下子就热闹起来，原来东倒西歪的乡亲父老，马上列队站好，精神抖擞，眉开眼笑。

大人物似乎被乡亲父老感动了，用力一挥手，把旁边打伞和提着水壶的人支开，小步半跑上前跟大家握手。

这拨乡亲是最幸福的，他们不但亲眼见到了大人物，很多人还跟大人物握了手。其他那两拨人很遗憾，只能在大家口中，不疲不倦地传说着点点滴滴。

大人物没有进村子，没有去被烧毁的林子，他登上小山坡后，在那里听大队书记讲了五分钟，接着听镇里来人讲了十分钟，最后他对着大家讲了三十分钟。他讲了一大通要重视发展要有艰苦奋斗精神之类的话，我们听着如入雾霭，但他声音洪亮，抑扬顿挫，甚是好听。

大人物没有进村子，没有巡视我们收拾停当的巷子，我们觉得很失落。

大队书记却无比兴奋，一送走大人物，立即上气不接下气跑回大队部，打开喇叭，用兴奋得颤抖的声音，不断重复说，大喜事，大喜事，县里决定为我们修路，修一条出山的路！

这个喜事来得突然，来得出乎预料，我们摊上了，再没有被关起来。

　　大家还没从这个喜事中回过神来，仅仅过了两天，大队书记再次在喇叭里，用兴奋得颤抖的声音不断重复说，又来大喜事，又来大喜事，"香港佬"知道我们村子出了事儿，知道县里决定为我们修路，"香港佬"说买一辆人货车赠送给我们村子！

　　两个喜事一碰撞，又撞出另外两个喜事。

　　一个是，二娃家的牛保住了牛命，没有被宰。对于这个喜事，我们有点懊恼。虽然之前身陷困境准备受罚，那天看到二娃一把鼻涕一把泪，哭着把牛牵到祠堂时，我们还是很天真地期待着能够一享牛肉香。

　　第二个是，有个老人顿悟，告诉大家，火烧旺地，因为那场火，把我们村子烧旺了，接下来我们村子肯定好事不断。

　　管他以后好事爱来不来，我们难得地享受我们的超级待遇——不但没有被责骂惩罚，爹娘还宰了鸡给我们饱吃一顿，兴许听到老人之言后，爹娘把我们当作福星了。

第五章　巧巧老师

一、新老师

四年级第一学期刚开学，我们学校迎来了一个新气象。在全校大会上，校长激动地宣布，县里对我们学校很重视，安排了两位老师到我们学校来支教。

他们可是科班出身，师范学校毕业的！校长动情地说道，我们这群山娃子，可有福气了！

我们静静地听着，双眼瞪得圆圆的。

校长最后特别强调，两位老师还是公办教师，吃公粮的。

哇噻，吃公粮的！全场流露出艳羡的目光。难怪，这可是我们祖祖辈辈梦寐以求的事情。

在我的印象中，这次开学典礼与众不同，叫人难忘。

我们既兴奋，又期待。我们高涨的情绪，还延续到课室，大家叽叽喳喳，议论不停。

　　两位新老师可能教五年级，水平高的肯定教高年级，教毕业班喽。有人说。

　　不对，应该教一年级吧，新老师通常都是教一二年级的。有人反驳。

　　我看，应该是教低年级的机会大。黑权头头是道地分析，打牢基础最紧要，你们看，每一年开学，校长总强调说要把基础打牢，然后就是抓几个同学去留级，校长说的肯定没错，打牢基础很重要，所以，上面来的老师，我看是教打基础的。

　　我们看着黑权，觉得他讲的不全对，但一时间又找不出不对的地方。

　　会不会教我们呢？我猜测，更多的是期盼。

二、 不一样的巧巧老师

　　如果说新老师带给学校的是全新气象，那么新老师带给我们班的，却是终身难忘的一段历程。

　　正当我们热烈讨论，翘首以待的时候，新来的女老师缓缓走进我们的教室。

　　学校安排她教我们语文，还做我们的班主任呢。

　　顿时，大家情不自禁鼓掌，教室里热闹非凡。

　　我们学校不缺老师，但除了校长，其他的好像都是半教半农，每天放学铃一响，老师们跑得比我们还快，步履匆匆赶到田地里，把鞋子一脱，就开始干农活了。难怪他们，他们也有自己的责任田地，也要种田刨地养家糊口。这样的状况，老师们哪有心思和精力把书教好呢？

我们很明白校长说有福气的意思。所以，我们都想这两位高水平，而且不用干农活的老师来教我们。

我们还回味着刚才校长在讲话的时候，我跟肥灿、黑权在底下的窃窃私语。

城里人就是不同，你看，她穿的衣服平平整整的，没有皱褶。我说。

吃公粮的就是不同，两颊白皙皙的。黑权说。

肥灿不甘落后，接着说，你看，科班出身的就是不同，头发梳得整整齐齐的。

巧巧老师轻轻敲敲讲台，不紧不慢地开口，首先就说，你们知道我为什么教这个班吗？

校长安排的呗。有人回答。

巧巧老师轻轻地摇摇头。

你最拿手教四年级呗。有人说。

巧巧老师还是轻轻地摇摇头。

最后，巧巧老师说了一个让我们很不舒服的原因。她说她了解过每个班，学校里就数我们班最糟糕最难教，她还毫不客气赠送给我们班一个名字——放牛班！

巧巧老师说的没错，我们班的成绩不上不下，而捣蜂窝、煮青蛙、坏泉水，"壮举"不少，创意了得。

巧巧老师真神。我心里涌起佩服之情。

黑权扯扯我的衣服，伤感地说，她把我们老底翻出来了，以后咋办？

看到我们都低下头不敢出声，巧巧老师却是咯咯咯笑开了。接着温柔地说，我也了解清楚了，全学校就数我们班最有潜力，最能学好！

大家马上昂起头，看着这位与众不同的新老师。

放牛班也可以放出牛气，培养出牛人。同学们，我很有信心，你们呢？巧巧老师还是不紧不慢地说，但不知为什么，我们听着非常顺耳，非常舒服。

等到把大家的情绪和信心调动起来了，巧巧老师接着开展她的施教。

三、 男女同桌

如果说巧巧老师的到来，已经把工人农民分清楚了，那么，巧巧老师做的第二件事，则是打破我们村子多年来"男女授受不亲"的习俗。

我们平时一起玩一起做作业的，是男的跟男的，女的跟女的。

除了学校安排的活动，基本上是没有男女同学走在一起的。最经典的事儿是，我们班单男单女，所以有一个男生要和女生同桌。

第一个学期，高强跟女生同桌。他做的第一件事，是马上用粉笔在桌子中间画了一条线，同时申明，敌我双方，互不侵犯。一个学期下来，双方安然无恙，高强没有跟女同学发生冲突，也没有说过话。

到了第二个学期，敌我态势明显。黑权不用粉笔，而是用小刀在桌子中间深深地刻了一条线。跟黑权同桌的女孩一有越线，黑权立刻恶言相向，不下十次把她骂哭了。

我记得小时候看小人书，我们的解放战争好像没有一场是一帆风顺的，中间总少不了敌人鼎盛时，我方暂时失利，于是做战略性撤退，当然，总反攻，最后胜利总是属于我们的。

到后来肥灿跟女生同桌时，就是我们男生的暂时失利、全面胜利前的黑暗。

跟肥灿同桌的女生叫丽丽。我们一直认为，她爸爸妈妈取名的水平糟糕不堪。丽丽的名字好叫又好听，而人却长得矮加黑，要命的是，男人婆的性格。所以，当那天老师宣布肥灿跟她同桌后，"敌人"得意欢笑，"我方"低头无语。

不出两天，在大家预料之中，敌我态势彻底扭转。

自习课，人家安静地在做作业。突然，"轰隆"一声，把大家吓了一跳。原来是肥灿不小心越界，丽丽二话不说，双手用力一推，活生生地把肥灿推到地上。

　　肥灿狼狈地站起来，双脸涨得通红，但是又不敢发作。

　　"敌人"欢呼鼓掌，"我方"只能摇头叹息。对男人婆丽丽，我们惹不起；对肥灿，我们只能哀其不幸了。

　　痛苦日子，何时是尽头？高强哼着小调。

　　大头球轻蔑而又豪情地说，冬天已来临，春天还遥远。

　　高强继续接着说，我们都移居北极去了，还会有春天吗？

　　同志，坚持住！黑权张开臂膀，搂着肥灿，鼓励说，坚守阵地，稳住阵脚，寻找机会，痛击敌人！

　　后来肥灿的行动，被黑权说准了。过了不到两个星期，肥灿就把"敌人""收拾"服帖了。可不，原来一坐上课桌就战战兢兢的肥灿，现在居然坐得稳稳当当，而且随便越界而无战事。更让我们受不了的是，丽丽常常柔声细气地主动跟肥灿说话。

　　我和黑权、高强、大头球讨论了半天，还是不得其解。

　　肥灿被丽丽迷晕了？不对。

　　丽丽被肥灿迷晕了？也不像。

　　坚持了几天，肥灿终于忍不住告诉我们，他的伯父带了几张香港明星海报回来，他把海报送给了丽丽。丽丽对那些海报简直疯狂了，喜欢得不得了，同时对肥灿的态度急速转变，不但不再对抗，而且千依百顺。

　　唉。

四、会 "坑人" 的老师

巧巧老师的课，则让我们如沐清风。

比如，她经常 "坑" 我们。

那次上课，我们无精打采的，巧巧老师突然停下来，在黑板上写了两行字。

这上面的两行字，有一个字的笔画错了，找得出的同学，加分表扬一次！巧巧老师说。

听到这话，我们都打起了精神，为的是那个加分表扬。

我们聚精会神地盯着黑板上的字，一个一个地仔细 "审阅"。有人打开语文书，一笔一笔对照，有的一边看一边冥思苦想，还有的跟同桌窃窃私语。一分钟过去了，没有一个同学能找到错误。两分钟过去了，还是没发现错误。怎么回事呢？我们开始小声讨论起来。

疑惑中，巧巧老师微微笑着，说，哼哼，其实嘛，上面没有错字。

什么!? 我们大吃一惊，瞪大眼睛，刚才走散了的魂儿，瞬间回来了。

这下子，精神来了吧。巧巧老师停了停，用半是开玩笑半是戏弄我们的语气说，我要让你们打起精神，专心听课！

啊？我们一个个都张飞穿针——大眼瞪小眼。

还有一次下午的课，大家似乎犯困，个个都缓不过神来。

巧巧老师走进教室，见到这场面，没有马上开始讲课，而是对大家说，你们猜猜我手里拿的是什么东西？猜对的有奖哦！

又是这招！不过话是这么说，我们都积极猜测。

是语文书么？一位同学积极地猜说。

巧巧老师摇摇头。

登记表吗？另一位同学说。

巧巧老师又是摇摇头，顺带一声微笑。

这时，大家更有兴趣猜了，各种各样的答案都有，可巧巧老师终究是摇头。

什么东西那么神秘莫测，巧巧老师的葫芦里到底卖的是什么药呢？有的同学耐不住性子，伸长脖子，似乎想看个究竟，但巧巧老师藏得很隐蔽，那些同学都是白费劲。

在我们快要泄气时，巧巧老师很淡定地说，其实我拿着的只是一本普通的教案，没有什么特别的东西。我还是想让你们集中精神。

而我们一个个同学很不淡定，又气又好笑。

不仅仅是这两次，巧巧老师经常"坑"我们。她一次次地"骗"我们，我们一次次地"上当"。可是，她就用这样的方法，把我们对语文课浓厚的兴趣和认真的态度"骗"出来了！

五、 装上电灯

我们对读书渐渐来了兴趣，巧巧老师很快为我们做了另外两件事情。

一件是推动我们学校装上电灯。

前面讲过，我们的学堂原来是没有装电灯的，那时我们也没有晚修，但是我们起得早，夏天还好，早早天就大亮，而冬天的时候，通常是我们回到学校天还黑乎乎的。所以我们就用汽水瓶盖，加上洋蜡做成小蜡灯。我们就是这样，借着那一点点微弱的火光，捧着书，度过了一个又一个黎明前的黑暗，迎来一个又一个阳光灿烂的清晨。

一个冬天的清晨，天还黑乎乎的，我们一帮人已整整齐齐坐在教室里，捧着书，高声朗读。每人的书桌上，都摆放着一个小蜡灯。随着从窗缝闯进来的阵阵北风，小火苗轻轻摇动，忽明忽暗，远远看去，就像一群萤火虫在轻快舞动。

对比我们的安逸，巧巧老师却似乎很有感触。只见她站在讲台上，看着我们，久久不作声。

那天上午一上完语文课，巧巧老师就离开学校，脚步匆匆往大队部走去。后来我们从校长口中知道了，巧巧老师去找大队书记，要求为我们学校装上电灯。

据说，巧巧老师费了一番工夫。第一次，大队书记没听完巧巧老师的诉求，就断然拒绝了。大队书记振振有词地说，山娃子终究是要留在这个山洼里，何必瞎折腾。

巧巧老师不服气，下午放学后，继续跑到大队部，跟书记理论。我们也跟着巧巧老师，来到了大队部。

没用的，别折腾了。我们祖祖辈辈都是这个样子，啃山刨土，天注定的。大队书记摇摇头，叹口气，继续说，国全这小伙子，聪明，用功，成绩好，最后还不是得回来？

就是因为这样，我们才要改变呀。巧巧老师动之以情，晓之以理，滔滔不绝地跟书记说。

看到书记还是不断地轻轻摇头，巧巧老师光火了，一甩手，愤怒地说，县里派我过来支教，我就要对这帮孩子负责，我有这个责任！

巧巧老师越说越激动，我现在就要去公社，去县教育局，我就不相信，我们不能把这个问题解决。

书记不再摇头，看着巧巧老师，喃喃自语，电灯要装，球场要修，水利要弄，咋办哪。

巧巧老师一愣，马上明白了书记的苦衷。

的确，村子要修修补补的地方很多很多。比如我们学校的球场，坑坑洼洼，一下大雨，那里是个不大不小的池塘；一下小雨，那里就变成千岛湖——几十个形状各异的小水滩。一次小雨后出太阳，天上是绚丽的火烧云，地上是金光闪闪的千岛湖，场面美丽壮观。我们趴在教室窗台，痴痴地欣赏着人和自然的共同杰作。可惜那时没有照相机，不能把它定格。

晴天下的球场也好不到哪里。我们打球的时候，经常会有意想不到的效果。比如正常盘球，球却不长眼睛，毫无规则乱飞。

我们可以自己动手，一起想办法呀。巧巧老师的语气缓和下来了，但是，教育是千秋大业，值得的。

好。书记坚定地点点头。

好呀！我们一起欢呼鼓掌，为书记，为巧巧老师，也为我们自己。

六、 吃鱼粥

装电灯的事，一说定了，马上行动。书记文化不高，家境也不比其他乡亲富裕，但豪爽利索。第二天他领着电工来到学校，开始忙开了。

一个星期后，大功告成，全部教室装上了电灯。其实，工程量不大，全校不到十个教室，难得的是，大家下了大决心。所以，亮灯那天，乡亲父老一百多号人聚集到球场，见证村子这一盛事。站在大家中间的巧巧老师，眼里分明是闪烁着晶莹的泪花。

我想，在大城市的孩子，可能永远不会理解我们当时的心情，就像没有穿越过沙漠，哪会知道滴水的宝贵？

如果说争取装上电灯，是巧巧老师为我们读书做的一件大好事，还有一件事情，则是为我们健康成长打下一个很好的基础。

教室装上了电灯后，我们发现巧巧老师三头两天就会去找书记，跟书记商量教学安排，球场维修，诸如此类的事情。虽然很多事情没有马上说定，但是每次书记都很耐心很认真地跟巧巧老师讨论。是巧巧老师找到了跟书记讨价还价的方法，还是书记被巧巧老师的敬业和真诚感动？

很快就实现的一件事情是，我们每个星期有一顿鱼粥吃。

前面讲过，就身型而言，肥灿是我们当中的"另类"，只有他圆圆胖胖，我们大都是消瘦精干。有一个周末，我们按照往常的做法，在收成后的田里捡遗漏的东西。顶着烈日半天时间，我们收获了有几十斤的番薯和玉米。晚上，我们捧着来到巧巧老师家，想在巧巧老师家开大餐。

看到我们光着脚丫，看到我们满身泥巴，看到我们又黑又瘦，巧巧老师怔住了，久久说不出话来。

于是，巧巧老师去"磨"书记，要为我们增加营养。书记组织人员，每个星期集中去抓一次鱼，熬粥给我们吃。

集体吃鱼粥的场面，令人难忘。我们拿着碗筷，坐在课桌上，焦急地等待。有一次，大头球用汤勺敲打汤碗，发出"当当当"的声音，一轻一重，颇有节奏，为我们焦急和无聊的等待，平添了意想不到的乐趣。可是，就在我们快乐的欢呼声中，突然"哐当"一声，汤碗破了。

哇……大头球居然哭了起来。

我们一下子安静下来，没有人发笑，没有人幸灾乐祸。把家里带来的碗打破，毫无疑问，大头球回家会被父母修理一顿，大家感同身受。

还有一次，到下午放学的时候，我们突然发现丽丽趴在桌子上，脸色苍白，得病的模样。我们刨根问底，最后弄明白了，丽丽两天没吃东西，就等着今天吃鱼粥，想不到因为今天打不到鱼，改期了。

七、 建立图书角

巧巧老师经常讲的一句话是，她要培养我们学习的热情、兴趣和方法，而不在乎教会我们多少个字、多少个数学公式。多少年以后，我到首都一所著名大学培训，在校园的一个宣传牌上，写着"教育不是把桶灌满，而是把火点燃"，我驻足沉思，心情久久不能平静，思绪更是回到巧巧老师那个年代。那时候，我们根本体会不到巧巧老师的教学理念，但是，我们都在巧巧老师潜移默化的影响中成长。

我最感兴趣的一件事情，是建立图书角。

那天，巧巧老师找我到办公室，很严肃认真地跟我说，给你一个任务，你敢于承担不？

我犹犹豫豫地点点头。老师布置任务，我们向来是乐于接受的。但是，看到巧巧老师的表情，我却莫名其妙地心里打鼓。

是一个很重要的任务，你一定要做好哦。巧巧老师接着讲。

我更是一脸惘然。

想不到，巧巧老师"扑哧"一笑，说，我们都把自己的课外书带回教室，在教室里建立一个图书角，你觉得好不好呢？

哦耶。我一听，高兴得跳了起来。以后就会有很多书看了，我当然高兴。

这个事情就交给你，你要做好哦。巧巧老师又再次严肃认真地说。

明白。保证完成任务！我学着肥灿的样子，挺直腰杆，行个军礼，铿锵有力地说。

于是，我马上行动，跟肥灿、黑权、高强、大头球一起，搬来两张旧桌子，摆放在课室后面，接着布置大家收集课外书。

第二天，图书角便堆满了一堆书，就像一个小山坡——其实，我一直认为就是个小山坡，不，是个高山，知识的山峰。那里，最多的是小人书，足有几百本；还有十万个为什么、上下五千年之类的科普书，也有几本红岩之类的小说。大家对建立图书角的事情热情很高。

可是，第一节课下课，就出现了意外。大家迫不及待地围拢过去，争抢书籍，"刷刷"几声，有两本书被撕裂了。

我一看，急得几乎要掉眼泪了。

巧巧老师没有批评我们，却让我们每人写一篇作文，题目是《怎样管理图书角》，然后跟我们一起，把撕裂的书一页一页地粘好，把每本书包好封套，再整整齐齐地摆放好。做完这些事情，我们整整花了一个上午。

奇怪，巧巧老师没有讲一句怎样管理图书角，怎样爱护书籍的话，但是自此以后，图书角都是整整齐齐的，而书籍再没有被弄坏。

图书角开办两个星期后，麻烦出现了。陆续有家长找到校长，指责巧巧老师不务正业，专做些等闲的活。

高强妈妈说，高强总是拿着那些公仔书看，整天讲什么马骝王宋什么江，不写字，不能背课文，怎叫读书？

丽丽妈妈说，丽丽丫头中邪了，老是说要看书，居然忘了去喂猪，忘了烧饭，姑娘人家，不做农活，长大后哪有人家要？

大头球老妈更绝，从家里一直骂到学校，说大头球偷家里的钱，去买没用处的小人书。

一下子，乡亲父老怨声四起，把巧巧老师推到风口浪尖上。

正当校长和巧巧老师进退维谷的时候，大队书记指着大家嚷道，这就是人家公办教师的本事，我们乡巴佬懂个屁！

大队书记算是把父老乡亲唬住了，村子暂时平静下来。

而我们看书多了，好奇心也莫名其妙地长出来。我们经常找来塑料薄膜，把小人书的人物临摹出来，用手电筒投射到墙壁上，放电影。虽然只是有模糊的影像，也不会动，但我们都为自己的创意欢喜若狂。

那时候，我们只是觉得好奇好玩，哪晓得，这是巧巧老师在精心培养我们。

八、　新朋友到来

快乐的日子像流水，很快逝去，一眨眼就到了寒假。

放假前一天，巧巧老师领着一个女孩到我们教室。

女孩皮肤白皙，扎着一根马尾辫子，穿着一套白色连衣裙，一双眼睛水灵灵的，给人一种与众不同的感觉，又如一朵圣洁的水莲花，"不胜凉风的娇羞"。

大家好！在我们惊奇的目光中，女孩缓缓走到讲台前，微笑着自我介绍说，我叫雪儿，在县中心小学读四年级，放寒假了，妈妈让我过来待几天，跟大家交朋友。

哦耶，好呀。我们齐声欢呼。

天要下雨，娘要嫁人，嘿，一不小心，天上掉下一个林妹妹哟。黑权打趣着说。

片刻，黑权觉得意犹未尽，朝着丽丽做个鬼脸，说，大家看我们班的丽丽，成了土白菜了。

话音刚落，"轰隆"一声立刻把大家目光吸引过去。肥灿被丽丽推得掉到地上。昨天重现。

肥灿满脸通红爬起来，懊恼地说，我没惹你呀。

哼，丽丽板着脸，不依不饶地说，谁叫你们是一伙的！

大家一看，都笑了起来。

唉。黑权叹气。丽丽不敢惹自己，得意；肥灿窝囊，丢脸。

我抬头，正好跟雪儿目光对视。她双眸清澈明亮，仿佛会说话似的，碰到我的目光，她没有回避，倒是落落大方地轻轻一笑，脸颊浮现出两个小酒窝。不知怎的，我的心中瞬间好像有一股奇怪的感觉在涌动。

九、 雪儿

雪儿出现，可以预料，我们的寒假会发生许多精彩的事情。

比如，我们一起到小溪捉鱼，去荔枝林爬树，去小山坡野餐，玩得非常快乐。我们觉得平常不过的这些玩意，雪儿都觉得很新奇，很有意思。她不但毫无顾忌地跟我们疯玩，还经常问我们的生活，问我们的学习，问这问那。很快，我发现，她最喜欢问我问题或者跟我聊天，而我呢，当然也是千万个乐意。

你说，娘们是不是都喜欢饶舌呢？黑权说。

是的吧。肥灿回答。

哈哈，黑权，你是想说雪儿吧？高强笑着说。

就是。黑权鄙视地说，问这是什么树，那是什么鱼，三岁屁孩的问题，不是没事找事嘛。

对呀，城里人，就这般见识的呢？肥灿说。

不对，不对。高强狡黠一笑，朝着黑权和肥灿说，人家雪儿是明知故问哟，谁叫你们一个太胖一个太瘦没有狗仔帅，谁叫你们读书不用功没有狗仔成绩好呢？古时有肥环瘦燕，现时只有肥灿瘦权，此时不同彼时，呜呼哀哉，你们节哀顺变吧。

也是，也是。肥灿像小鸡啄米一样点头。

哼，不要欺人太甚。黑权不满。

我隐隐预感，黑权肚子里会冒出坏主意了。

果不其然，当我们收拾地上的东西，准备回家时，雪儿突然尖叫着往旁边一跳，几乎摔倒地上，脸色苍白。随着尖叫声，一只青蛙从她的帽子里跳出来。

哈哈哈，黑权在一旁捂着嘴巴笑起来。

黑权，你不应该欺负人家。我指着黑权说。

娘们就是这个德性。黑权鄙视地说。

我不知道哪里来的怒气和勇气，一手抓起在地上慌忙逃命的青蛙，用力甩到黑权的脸上，向他吼道，你以后不准再这样欺负人。

可能觉得自己理亏，也可能从来没见过我发那么大的火，黑权黑着脸，紧咬着牙，没有再说话。

十、 排练节目

每到晚上，我们有更充实的安排。巧巧老师说要我们排练几个节目，过年前开一个小小的晚会。

起初，我们对开晚会兴趣不浓。巧巧老师说搞晚会，我们不由自主想到了村子做大戏。

除了放电影，我们村子偶尔会有人来做大戏，一年会有两三回，地点在祠堂旁边、我们叫地塘的晒谷场。

每到做大戏的晚上，必定男女老少，全村子出动，比过年还热闹。我们一帮小伙伴也去，只不过心不在戏而在于凑热闹罢了。对演员们在舞台上表演，我们觉得很假，比如手中扬着鸡毛掸子，一瘸一瘸地转圈子，大人们硬说是骑马；唱的更是难听，我们不明白为什么要找结巴的来唱戏，他们总是把一句很短的话拖得很长，而且老是"呃呃呃"的，直把我们的鸡皮疙瘩都"呃"出来了。所以，巧巧老师一说晚会，我们自然而然联想到"呃呃呃"与鸡皮疙瘩。

然而，第一次排练，就大大出乎我们的预料。

巧巧老师把我们分成两组，一组是肥灿丽丽他们，练习唱歌，不但唱《我的中国心》，还唱《万水千山总是情》。歌曲新潮，大家起劲。

你找一张汪明荃的海报给我嘛。丽丽边练习边跟肥灿说。

可以，可以。我让叔公带回来。肥灿爽快答应。

你再找一包香港软糖给我嘛。丽丽接着说。

没问题，没问题。肥灿回答。但细听，不对，不像是丽丽的声音。原来是黑权学着丽丽的语调作弄肥灿。

不行，不行！肥灿摇头摆手。

你亲口答应的，反悔是小狗。黑权板起脸，装作要发怒的样子。

肥灿嘿嘿一笑，说，一包不行，至少要两包！

十一、 牵手

我和雪儿在另外一组，我们排练两个舞蹈。比起歌唱组很快热闹起来，我们这组落后很多，一个关键问题是，跳舞要男女同学手拉手，可是，我们男女同学之间从来就没有摸过手呀。磨蹭半天，还是男同学集中站在一边，女同学则一起躲到另一头，不管巧巧老师如何说，还是没有人敢迈出第一步。

这时，雪儿像一个燕子，轻盈地来到我的身边，拉着我的手，带着我示范。她一直没有说话，甜美地微笑着。

一曲下来，黑权高强他们立刻把我团团围住。

哎呀呀，你真丢人！

你的耳朵比公鸡鸡冠还红！

说实在的，我记不清楚自己是如何跟女同学第一次牵手的，记不清楚自己如何跳完的，只感到心怦怦直跳得厉害，双手掌湿湿的有些难受。

当然，在巧巧老师和雪儿的带领下，我们慢慢地消除界限，顺利开展排练。

十二、 丢失的白布鞋

晚会到来前两个晚上，出了一个小插曲。

那天晚上原计划是带妆彩排的，雪儿来到现场，郁闷地说，我的白布鞋不见了。

我们一听，很愕然。

田头地尾丢个番薯，丢根甘蔗，不奇怪，老鼠跟咱一帮小鬼同道，偶尔会顺手牵羊干点小坏事，乡亲父老也见怪不怪，但在路不拾遗、夜不闭户的村子，在家里丢东西，确实不常有。

你找清楚了没？巧巧老师对雪儿说，再回去认真找找吧。

我都找遍了。雪儿回答，我很清楚记得，今天早上晾在家门口的。

我们更觉得蹊跷了。

报告老师，中午的时候，好像有同学往你家门口那边去过。这时，有同学说道。

对呀，好像是丽丽。有同学接着说。

是丽丽，没错，我也看到了，是她，回来的时候她怀里好像揣着东西。有同学补充说。

大家的目光不约而同地集中在丽丽身上。

丽丽红着脸，低着头，不敢说话。

得，得，得。大家安静吧。巧巧老师好像明白了什么，笑着说，我们是不是要排练几个精彩的节目呢？

是呀！

你们知道如何能演得精彩吗？

按照老师教的，我们认真排练！

说得很好。巧巧老师继续说，还有一点，要有神秘感。我们这个舞蹈，到时候会有一位穿着白布鞋的神秘小仙女出现，大家期待吗？神秘小仙女借走白布鞋，正在秘密练习哪。

巧巧老师说完，向雪儿使个眼色，雪儿心有灵犀，报以微笑。

哦耶！我们欢呼。

十三、晚会

在漫长而又短暂的期待中，晚会来临了。那天晚上，就像过大年，乡亲父老早早吃过晚饭，带着小凳子来到学校，密密麻麻地坐满操场，等待观看晚会。毕竟，学校举办晚会，在村子还是头一回。

《我的中国心》《万水千山总是情》，一曲接一曲，既有澎湃的声响，又有娓娓柔情；小组舞，翩翩起舞，流光溢彩。

在这么多父老乡亲面前，我们唱得起劲，跳得兴奋，大家看得着迷。

在把晚会带到高潮的集体舞中，巧巧老师说的，穿着一双白布鞋的神秘小仙女出现了。她动作生疏，僵硬，但是跳得很认真很专注，而且，舞蹈的编排把她衬托为主角了。

丽丽，加油！巧巧老师鼓励道。

加油，加油！

我们跟着一起鼓劲。

嘿嘿，老师又坑我们了，神秘小仙女居然是丽丽。高强说。

就是，居然是丽丽这个男人婆，丑八怪。黑权说。

你们看，今晚丽丽的模样大变，是不一样哦。肥灿说。

丑小鸭能变天鹅吗？黑权推推肥灿，蔑视地说，甭想，你赶紧回家，把你家那群小鸭统统变成肥猪，准保你发达。

表演结束后，巧巧老师拉着丽丽，表扬她说，你跳得真好！

丽丽看着巧巧老师，眼中闪烁着泪花。

我和雪儿商量过，如果你不嫌弃，这双白布鞋就送给你，好吗？巧巧老师接着说。

丽丽一听，鼻子抽泣一下，再也忍不住了，抱着巧巧老师，激动地哭了起来。

十四、　巧巧老师不辞而别

之前讲过，生活往往是苦乐相伴，祸福相依，我们度过最快乐的一个学期，拿到了最多的奖状，举行了一次难忘的晚会，正当我们热切期待新学期到来的时候，校长接到上面通知，巧巧老师要调回县里去了。

我们万分懊恼，万分不解。

有人说，巧巧老师家里有急事，要回去。

有人说，巧巧老师原来教的学校成绩一落千丈，学校要她回去。

也有人说，县教委调她回去。因为春节期间，有村民到县教委告状，说巧巧老师不务正业，专门做些旁门左道的事，教娃儿偷家里的钱啦，唱资本主义歌曲啦，男女拉手啦，破坏民风，贻误子孙等等。

我的心情一落千丈，仿如回到全叔离开的那段日子，我深深感觉到，生活总是在捉弄我们。但是，我心里却有一个信念，如果说巧巧老师在我们的人生长河中，投下一个石块，让我们荡漾良久的话，那么，我相信，雪儿注定是另一条溪流，她将在某个时刻，完全汇入我的生活，一起去经历高山低谷，一起去经历崎旎风光，经历砾石险滩……

第六章　狗仔

一、贵气的名字

我们一帮小伙伴中，有一个不精明但有点小聪明，不算大胆也不会落伍的，他叫"狗仔"，是的，大家就管他叫"狗仔"。

嘿嘿，别笑。在村子，叫猪狗牛羊的，可多着哪，单单是一个生产队的，准保扳着手指头都数不完。这一切，皆因祖祖辈辈留下的论断，说名字叫得越贱，命格就越硬；越是把自家子女叫得不当一回事，越是贵气。

所以，叫狗仔，也是一个不赖的名字。只可惜，头彩被其他人抢去了。话说回来，这也算是个"意外"事件。据说狗仔原本叫"猪仔"的，区别哇，"猪仔"为大，"狗仔"只能屈居人后了。然而，狗仔出生那天，遇到难产，从子时一直熬到东方微亮，把亲娘折腾得不成人样，几乎要晕死过去。而当众人准备好轱辘车，决议一到东方泛白，马上转送到公社医院的时候，突然狂风起，暴雨下，接着一道闪电仿佛把天空劈开，又接着一声雷响震得地动山摇。那边雷声刚落，这边"狗仔"就呱呱坠地了。众人高兴之余，却又隐隐觉得这孩子不寻常，便建议叫个"下贱"的名字"猪仔"，却不巧，同村另一娃儿突然早产，抢先半个时辰出生，"猪仔"的尊称被他抢去了。所以，最后只好屈尊叫"狗仔"了。

当然，"狗仔"也好，"猪仔"也罢，那只是小名，至于真名嘛，不说，嘿嘿，你懂的。

在村子里，十有八九是叫小名的，特别是对小孩子，比如肥灿、黑权、高强、大头球，我们平时一起玩耍的时候，都是相互叫小名的。而对于小名"狗仔"，俺是非常喜欢的。

各处乡村各处例。在我们村子，小名非但从来没有作弄之意，反而会表示谦恭，显得贵气；一跨出崎岖山路，比如到了公社特别是到了县城，可就异样，也曾经闹出一些烦心事。

据说，以前我们村子有个青年当兵转业到县里一个部门，干活卖力，人也精明，反馈回村子是前途一片看好，有望出个大人物。一天，几个乡亲专程到县里，颇费周折找到他的单位，想请他元宵节回来共聚桑梓情。县上的单位就是不一般，大楼几层高，办公室一间接一间。因为打小就唤小名，同去的乡亲居然没有人记得他的真名。于是，大家一个房间挨一个房间找，逢人便问"大锅"在哪儿？最后，老乡青年总算找着了，而土里土气的乡亲，加上别具一格的"小名"，直把人家的单位弄得乐开了花，本来饱含乡情的省亲，乡亲们硬是好事办成坏事，最后成了笑柄。

这是父老乡亲口口相传的故事，至于确切与否，无从考究。而类似的事情，我们倒是亲身经历过一回。

那一次，我们在村口放牛，村子外来了五个人，拉着两辆轱辘车。他们说要找"猪仔"，肥灿一听，自告奋勇说做他们的向导。

领着五个来客，穿过四五条小巷，爬过两三个小坡，我们来到了村子后面的一间小屋跟前。

五个来人喘着气，擦着汗，左右张望，满脸狐疑，问，"猪仔"在哪儿呢？

肥灿动作迅速，向前一跨步，双手附在嘴边掬成喇叭状，朝屋子里吼叫，"猪仔"公，有人找你，快出来哪。

很快，一位老人背着双手，循声慢慢从屋子里踱步而出。他头发花白，背微驼，眯缝着双眼睛，上下左右，奇怪地打量着五个来客。

肥灿指着老人，得意地说，就是他了，他就是你们要找的"猪仔"啦。

那五个人一听，瞪大眼睛，愣在那里，半天说不出话来。

后来我们才知道，他们是来收购小猪，不是来找人的。

二、 抄单词

噢哦，对了，忘了说，狗仔嘛，就是俺。

我总是讲肥灿，讲黑权还有高强、大头球他们，这不公平。在许多方面，俺还是他们的领头呢。

比如读书吧，我比黑权、高强要强得多，更甭说肥灿了。每次做作业，我都是第一个完成。每每有不会做的习题，他们总是向我讨教，我从来不吝啬，总会施以援手，很认真地教他们。

全叔以前经常说，我跟他很像，读书勤奋，有理想有志气。我的确多次暗暗下决心，要像全叔那样，好好读书，出人头地。

巧巧老师经常表扬我们，说我们是互相帮助、共同学习的好榜样。

有一次，例外。

那次做组词作业。巧巧老师布置作业时说，组的词语越多，作业分数越高。我们搜肠刮肚，把学过的、能想到的词汇全部写出来后，黑权却来了新主意。

他快速跑回家，捧来了爷爷留下来的康熙字典。

我们在字典找，要多少有多少！黑权兴奋地说。

于是，我们从来没有那么认真地翻字典，直到把字典里所有相关的词组找出来，抄在作业本上才罢休。虽然很多词汇我们都不认识，但是巧巧老师说了，组的词语越多分数越高，我们猜测，我们准能破记录拿个两百分。

第二天作业本发下来，我们傻了眼。巧巧老师把我们没学过不认识的词语全部叉掉，最后勉强打个60分。

老师，你明明说过，组的词越多分数越高的！黑权抗议。

巧巧老师不紧不慢地说，这些词汇你学会了，弄懂了吗？

黑权无言以对，我们心里也很不舒服，有一种被"坑"的感觉。看着这60分，我比挨儿巴掌还难受，这可是我读书以来最低的分数了。

而巧巧老师没有责备我们，反而来个一百八十度转弯，表扬我们，说我们会想法子，肯动脑筋。末了，她还说，如果我们能把那些词语学会弄懂，她就给我们一百分。

我们好久也弄不明白，作业得60分却受到表扬？但是自此以后，我们更认真了，凡是不会的词语，必定想方设法先弄懂。而巧巧老师还是如往常一样，经常叫我帮她改试卷。

三、 全叔的锅巴

我除了经常想起全叔，还会经常想起全叔做的锅巴。

前面说了，有许多问题，我常常冥思苦想，但是总弄不明白。其中有一个问题是，全叔家里做饭，用的是铁锅，而在我们村子，大部分人家用的是煲，我们管它叫"钛煲"。我询问全叔，想弄个明白，他说他也不晓得，反正自打记事起，就是这么个做法。

是不是特别香的呢？偶尔，我会在想这个问题。

后来有一次，我突然发现，全叔家铁锅做的饭，的确很香。

我们村子有个不成文的规矩，最年长者没到，是不能开饭的。冬天倒没什么，一到夏天或者农忙季节，大人们在田地里贪黑干活，往往很晚才回来，于是晚饭会拖到很晚才有得吃。那天，我做完作业，饭也烧好，但是家人还在田里干活没回，我只能在渐渐暗下来的天色中，不停向巷口张望，苦苦等待。

隔壁全叔也在烧饭，阵阵香味飘来，我的肚子咕咕响。

狗仔，过来。可能是看到我的可怜样子，全叔挥挥手，招呼我过去。

饿了吧？全叔问。

嗯。我点点头。

给你好吃的。全叔边说，边拿起勺子，把锅里的冒着热气和香味的白米饭拨开，再捣鼓几下，然后把一团微黄的饭团给我。

"饭焦"，很好吃的。全叔示意。

我双手接过来，在疑惑和兴奋中，大口大口地嚼起来。开始觉得有点硬，慢慢地，居然越嚼越香，仿如美味佳肴。

噢，我明白了，原来用铁锅煮饭，就有这个好处。手中的"饭焦"快要吃完的时候，我突然想明白了之前的问题。

可能是吧。全叔也会心地笑了。

自此之后，我三天两头，就会到全叔家蹭"饭焦"吃，在那个缺衣少食的年代，"饭焦"自然而然成了我们的美味佳肴。

四、烧"焦"饭

虽然跟全叔无分彼此，但是蹭饭多了，我也渐渐觉得不太光彩。有一人，我在烧饭的时候，突然冒出一个念头——自己用煲做"饭焦"。

把米淘好后，我比平时少加了一半的水。我想，要把饭烧"焦"，当然要少加水。

加柴，生火，一切按部就班。兴许兴奋又心急，我不断加柴，火比平时旺盛得多。

在紧张的期待中，"焦"味渐渐出来了。我迫不及待打开煲盖，想看看里面的"杰作"。可是，闻到的是渐渐变浓的焦味，看到的是煲里的米还没烧开。

糟糕，肯定是水不够。我心里一惊，冷汗都几乎冒了起来。容不得半点犹豫，我一个箭步跑到水缸边，拿起勺子，装了满满一勺水，然后又飞快地把它们加到煲里。

要知道，那时候一顿饭对我们一家子来说，可是莫大的事情。大人们起早贪黑劳作，也不过是为了一日三顿。一想到家人饥肠辘辘，汗如雨下地回来，却没饭吃，我就浑身发抖。

当煲里的水烧开后，我又一次紧张起来——加的水太多了，像煮粥！

这可怎么办呢？我"急中生智"，动作利索，往煲里加了一大碗米！

实践出真知。结果，我的实践，真的出了"杰作"——一煲饭，三种形态，上面是没烧开的生米，中间的成糊了，煲底的焦了。

那天晚上是怎么度过的，不堪回首。感觉吧，比最冷的冬天还难受，不，简直就像是在寒冷冬夜，穿着单薄衬衣，瑟瑟发抖地等待凌晨那一缕霞光的模样。

往后几天，难受一直持续着。说节俭是美德，其实舍不得浪费才是实情，因此，剩饭没吃完，留到第二天、第三天，整整三天才消灭干净。那三天嚼着剩饭，听着唠叨，难受可想而知。

所以日后每每想起"饭焦"，除了香味，还有其他各种滋味儿，可以说，是五味翻腾。

五、野餐

其实，除了在家里烧饭外，我们也经常在野外弄点新玩意。特别是在秋收后的田地，更是我们的乐土。我们最喜欢到种花生、番薯的地里，寻找村民遗漏的花生、番薯。

通常是放学铃一响，我们便飞奔到田野里，把书包一扔，便在泥土里寻找。当然，邻里乡亲是不会介意的，反正不收获，落在地里也是坏掉。我们也懂得规矩，一般不去弄还没有收获的作物。

每天，我们总会有不多不少的收获。等到太阳公公脸色发红准备下山，家家户户炊烟袅袅升起的时候，我们便怀抱着"战利品"，撒腿飞奔回家，在轻快的身影后，腿上泥巴和心中快乐，泗满黄昏的村道。

烤番薯是我们的最爱。我们通常是边烧饭，边把它们扔在炉膛里。饭还没烧好，番薯便已烤得又甜又香。

一个周末，我和肥灿、黑权、高强、大头球在小山皮上放牛。不远处，是乡亲们热火朝天地在收割。我们"打美国"打腻了，躺在草地上，看着一直懒懒地悬在半空中的几朵白云发呆。

你家还有什么好吃的，贡献出来呀。黑权对着肥灿说。

椰子糖柠檬夹心饼干，哪一样没你的份哪。肥灿挠挠后脑勺，突然打个响指，神秘地说，有了，保证好吃！

话音未落，肥灿一个鲤鱼翻身，便在我们的疑惑和期待中，绝尘而去。

上次那些牛奶软糖，真好吃。高强舔舔嘴唇，说。

大头球重重地点点头，表示赞同。

巧克力熊仔饼好吃。我却钟情于浓浓的巧克力味。

你一句我一句，我们在热烈地讨论着肥灿家的好东西。一阵风轻轻吹过，凉爽惬意，半空的白云慢慢变换着姿势，似乎在为我们的甜蜜期待欢欣鼓舞。

出乎预料，肥灿带来了我们从来没见过更没有吃过的东西——两罐写着繁体字和英文的罐头。

哇噻！我们高兴地手拉手围着肥灿，一起欢呼起来。

罐头我们吃过，但是很难得吃到，而这些舶来品，却真的是稀缺货儿。

肥灿，好样的！黑权更是得意，张开手臂跟肥灿来个熊抱，似乎有点动情地说道。

这个是沙尖鱼，这个是午餐肉。肥灿介绍说。

我们可等不耐烦了，分工合作，不一会儿工夫，就把两个罐头打开了，鱼和猪肉香喷喷的味道随即扑面而来。又不到一会儿工夫，鱼肉就被我们消灭干净，罐子里只剩下黄黄的油。

我们舔着嘴唇，意犹未尽。

六、 痴迷书店

如果说，沙尖鱼午餐肉罐头、椰子糖柠檬夹心饼干为我们饥饿的肚子增添了超乎想象的味道，那么，小人书就为我们饥饿的心灵增添了无限的色彩。

每一年的压岁钱,我都会把它们储存起来,舍不得乱花一分钱,这些钱最大的也几乎是唯一的开销,是买小人书。

村子里没有书店,要到公社集市才有。

因为要上学,我只能是周末的时候过去,因此,一个月也大概能去一两趟吧。平时除了认真上课写作业之外,就经常盼望集市的日子,尤其是去集市前几天,更为强烈。

集市离村子其实并不遥远,翻过几座小山头便到达,只是路不好走。

路难走,我们没有怨言。什么时候,在哪里出生,我们没得选择,而怨老天爷,也没必要吧?

其实,相对于路的难走,我们更讨厌书店的售货员。她四十岁左右,留着齐耳短发,样子倒也标致。但是,我们几年进出书店数十次,却从来没见她有过笑容,大都是神情严肃,爱理不理的样子,就像木板上刻出来的表情。

难道我们是仇人不成?高强总是愤愤不平地说。

我看她是心理有问题。大头球说。

我们经常如此这般地评论她。

评论归评论,一到书店,我们也只能低声下气。因为书店的书都是放在玻璃柜里,我们要什么书,只能让她拿出来看。有几回,我们充分领教了她的"厉害"。一回是,高强让她拿出一本小人书,翻过几下子后递回给她,说想换另外一本,结果她把书一甩扔回书柜,就坐下来涂指甲油,把高强晾在那里半天。另一回，让大头球更狼狈，她直接指着大头球骂道，你究竟是想买书还是过来捣乱的！我们低头瑟瑟发抖不敢出声，那阵势，我们似乎都成了小偷了。

起初，我们老是想不明白，我们是真金白银买东西的，怎么好像欠她账似的？后来全叔告诉我，食品公司的售货员更牛得不得了。

为什么呢？我问。

国家干部呗。全叔答。

看到我一脸茫然，全叔接着解释说，别看他们是售货员，他们可是工人，为国家打工，铁饭碗。全叔接着带点抱怨地说，物品缺乏供不应求，大家都要求着他们呢。

哦。我似懂非懂地点点头。脑海里随即浮现之前经常想的为什么有工人农民之分的问题，突然间好像想明白了什么。

七、雪球和小人书

集市其实就是两条十字交叉的街道，加起来就三四百米长的距离。街道跟村子前的石板路一样，铺着青石板，只是表面磨得更为平滑，似乎在细说着集市的熙攘。有多处地方，青石板微微翘起松动，手推车、板车在上面碾过，便发出"吱吱吱吱"的声响，不知是为父老乡亲艰辛奔波的步履叹息，还是为集市的繁华喝彩？

最有特色的是街道两旁的建筑，我们管它叫"骑楼"。它们大多为两层，底层前部为骑楼柱廊，后部为店铺，上面为居室；多间"骑楼"肩并肩，形成连续的骑楼柱廊，整齐划一，美观实用，沿街摆卖可遮阳，可避雨。

每逢赶集，这里便成了最热闹的地方，四方乡邻齐聚，有的摆摊吆喝，售卖自家田地生产的番薯、玉米；有的讨价还价，挑选价廉物美的物品，整个街道人头攒动，人声鼎沸，不时夹杂着几声鸡鸭叫声，特别刺耳。

除了在街道上凑热闹，集市上有几个地方是乡亲们非常喜欢去的，其中一个是冰室。那里售卖各种雪条、雪糕、冰水，还有各种冷冻的汽水，种田者一番吆喝卖了个好价钱，消费者讨价还价省得个便宜，大家便来个平时难得的零食慰劳自己。尤其是在炎热的夏天，那里更是生意红火，经常排着长队。

一次，我们启程晚了，太阳公公偏偏又特别热情，猛烈地炙烤着大地，我和肥灿、黑权几个翻过几个小山坡来到集市后，已经是汗流浃背，气喘吁吁。

走，喝冰水去。黑权挥挥手招呼大家。

好呀。肥灿大喘一口气，有气无力地点点头。

我舔舔近乎干裂的嘴唇，脚步不由自主地跟着他们走。以往，我是很少光顾那里的，我想买小人书，所以有限的零花钱我是舍不得乱花的。可是那天太渴太累了，冰凉冰凉的感觉像磁铁般深深吸引着我。

那天冰室特别热闹，我们跟队伍排队，慢慢往前挪。

我要吃两个雪球。黑权说。

肥灿接话说，不够，我还要加一杯冰水。

对呀，这里的雪球好吃。一想到那阵冰凉透顶的感觉，我全身马上舒服起来，我联想到了望梅止渴的故事。后来我读过一篇文章，讲的是一个穷人家庭，他们把一条咸鱼挂在饭桌上方，吃饭的时候，看一眼咸鱼，就吃一口白饭。一次小儿子连续看了咸鱼两眼，他老爸马上用筷子一敲，警告说，咸死你，快吃饭。假如当时已读过这篇文章，此情此景，会是什么感受呢？

你要买什么？一个浑厚的中年男音打断了我的思绪。

我……我边贪婪地盯着各种雪球、冰水看，边把口袋里的零钱掏出来。阵阵凉气飘过来，好不舒服。

嘿，你究竟要什么？后面大把人等着哪。中年男音多了几分不耐烦。

我，不要了。中年男音的不耐烦，突然间把我的思绪带到了另外一个地方，夸张点说，一个魂牵梦绕的地方。我紧紧握着一角两角零钱，撒腿就往书店跑去。我到底还是舍不得花那些钱。

在书店里，我忘记了炎热，忘记了口渴，痴迷而又认真地挑选小人书。当黑权、肥灿他们优哉游哉来到书店时，我已经看准我要买的书了。

刚才没见你，你躲到哪里吃啦？肥灿打着嗝问我。

哈哈。我眼睛盯着小人书，狡黠一笑，心里油然腾起一股满足感，我的"雪球""冰水"变成了《地道战》和《小兵张嘎》了。

八、 戏弄售书员

狗仔，你选好没？黑权问我。

我双手紧紧握着《地道战》和《小兵张嘎》，高兴地点点头。

嗯，那我们就开始行动了。黑权随即向肥灿使个眼色。

正当我丈二和尚摸不着头脑时，只见黑权和肥灿已分别走到书柜的东西两端。黑权首先高声叫喊，阿姨，我要这本书，我要这本！

正在锉指甲的售货员阿姨一听，慢吞吞地放下指甲锉，走到东端，把书拿出来给黑权。

阿姨，我要这本书，我要这本！这时，肥灿在书柜的西端高声叫喊。

当售货员阿姨跑到西端时，黑权在东边又喊叫起来。

如此这般，来回两趟，售货员阿姨开始皱起眉头，板起脸，看来一场暴风雨将要来临。我心里暗暗为肥灿、黑权祈祷。

想不到，肥灿、黑权一人拿出一张"大团结"，轻轻挥动着，似乎早有准备。两张"大团结"可以买到几十本书了，所以售货员阿姨也不好说什么，只有东西两端来回奔波。

当售货员阿姨来回十几趟，开始喘气的时候，黑权和肥灿几乎同时说，书我们不要了，然后两个家伙撒腿就跑，留下售货员阿姨在那里直跺脚，脸色青一块紫一块。

哦，原来他们在故意戏弄她。

活该！我心里暗暗骂着。

把讨厌的售货员阿姨收拾一回，我们高兴地抱成一团。而为了庆贺，肥灿提议请我们到茶楼大嘬一顿。

九、骗吃

刚才说过，除了街道上的摆卖外，集市上有过几个地方非常受四方乡邻欢迎，另外一个便是茶楼。街道上人声鼎沸，茶楼里面也是热闹非凡。三五知己，点一份烧鹅，要几份青菜，再来几两烧酒，便是当时人生一大享受。

茶楼后面是一个鱼塘。今天生意特别火爆，后面鱼塘的堤坝上也摆上了桌子。黑权领着我们，驾轻就熟地穿过大堂，直奔鱼塘堤坝，找了最远的一张坐了下来。我们好不纳闷，干嘛要坐最偏僻的地方呢？

黑权可不管那么多，一坐下来便驾轻就熟地点起菜来。他一点也不吝惜，点了烧鹅腿濑粉，每人一碗，他还郑重其事地叮嘱说，要左腿。

我们一听，早已垂涎三尺。

今天黑权似乎特别来劲，他接着又点了烧卖、蒸排骨、炒青菜等等。我一看，连忙制止他说，够了够了，我们吃不完的。虽然花的是肥灿的钱，但是这样大吃，我们总觉得过意不去，也很浪费。黑权却鬼马地向我们打了个眼色，安抚我们说，放心，不用花很多钱的。

肥灿在一旁眉开眼笑，似乎还在享受着胜利的快乐。

这一顿很丰盛，大概也是我童年记忆中最丰盛的一顿。之前觉得太奢侈了，但是当美味的烧鹅腿濑粉一上桌，我们便迫不及待尽情享受，不消一会儿工夫，我们就把美味佳肴扫光，八仙桌上高高地堆着十来个碗碟。

肥灿，这次可能要一整张"大团结"喽。我们捧着胀鼓鼓的肚子，打着嗝，又感谢又抱歉地说。

没关系，难得大伙赏脸。肥灿总是那么憨厚。

正当我们计算着这一顿的花费时，黑权突然迅速拿起几个碗碟，轻轻地扔进水里。碗碟一瞬间就沉了下去，激起轻轻的涟漪，一圈一圈慢慢扩大，渐渐消失在我们惊呆的目光中。

结账的时候，我们才明白黑权的用意。那时候是吃完之后，店小二丙根据桌子上不同碗碟的数量来算账的。最后结账，花去半张"大团结"，比原本少了一半，因为黑权把一半的碗碟扔掉了。

我们一出茶楼，就抱成一团，笑个不停，一直大笑着回到村子。今天教训了可恶的售货员，又大吃一顿便宜大餐，怎有不高兴之理？

我印象颇深的，还有当时来算账的店小二，他看着桌子上的碗碟发愣，眼睛瞪得老大，好像想起什么，又好像怀疑什么，那表情让人忍俊不禁。

十、 相亲

生活依然还是这样，在你不经意间，突然蹦出个事情来，不管是好事还是坏事。赶集回来的第二天，也就是星期天的下午，当我们还在回味着集市精彩经历的时候，一个大喜事降临了。

那天，二叔公家来了好多人，有七八个，女的居多。那些人我全都不认识的，除了领头的——她是福婶，村子里一个能说会道的中年妇女。她今天穿得花花绿绿，笑容满脸，边走边指东指西，滔滔不绝地说着些什么。喔，这会儿全叔还没离开村子呢。

噢，做好事了，做好事了！我高兴地跟肥灿、黑权他们说。

对，可能全叔要讨媳妇啦。他们异口同声地说。

福婶在村子里的地位很高，因为她能说会道，又热心肠，所以她几乎做了全村子年轻人的媒人婆，也就是"红娘"。所以，大凡福婶这样子出现，就是好事到来了。

于是，我们抛掉集市精彩的经历，马上跑到二叔公家。

二叔公转来转去，招呼大家入座；二叔婆则把平时难得见到的饼干糖果递给大家。他们笑容满脸，热情无比。

全叔一个个给大家上茶，脸上挂着浅浅的笑容。但是，比起二叔公、二叔婆的开心，我倒觉得全叔的笑容有点不太自然。

我把我的感觉跟黑权讲了，他摆摆手，很有经验地说，正常，再正常不过了。

我们不服气，反驳他说道，你没讨过媳妇，怎么晓得呢？

你们看，新娘子也是这表现。黑权悄悄一指，说，新娘子还不是羞答答的。

我们一看，确实是这样。

今天来的有三个年轻的女的，坐在中间的那个，身穿像书店售货员的套装，扎着一个马尾，五官标致，可是身材胖胖的，用那时候的标准，她已经够得上"肥婆"了。我断定，她可能就是我未来的婶婶。于是，我不再关注其他人了，眼睛紧紧地盯着她。她一直低着头，眼光却随着全叔的身影瞄来瞄去。

嘿嘿。我不禁在心里偷笑。

这家当，太简陋了吧。一个挑剔的中年女音，一下子把大家的目光吸引过去。

这个跟妈妈年纪差不多的女人，斜着身子，坐在堂屋中间的太师椅上，一副傲慢的样子。

咦，奇怪，怎么回事呢？看她那架势，我糊涂起来了。这太师椅，平时可是二叔公的专座！这女人，凭什么坐到那个位子上了？

我好纳闷，也好气愤。

凤姨，噢，不，凤姐，这可不是普通人家。福婶张大嘴巴笑笑，继续说道，我们二叔公世代清白，老实忠厚，是我们村子的一宝哪。干起农活，手脚麻利，谁家能比。

哼，我们珍珍可是国家工，铁饭碗。那女人不退不让，不依不饶。

我悄悄挪到全叔身旁，自豪地说，未来婶婶厉害，国家工，国家工。

全叔凑到我耳边，不紧不慢地说，什么国家工，不过是在公社食品站做的，售货员，集体职工。

食品站，好呀！我一听，忍不住尖叫起来。

"唰"一声，全屋子人的目光转到我身上。我一拍手掌，好不得意。

想不到全叔声音严肃起来，说，别大惊小怪，没什么了不起的。

我皱起眉头，想来想去，想不明白全叔的意思。妈妈不知道什么时候跑到我身后，用力敲敲我的后脑勺，恶狠狠地说，小崽子，别添乱！

屋子瞬间安静下来，大家面面相觑，似乎无从道起，只有二叔公、二叔婆脸上还是堆着笑容，不过好像没之前灿烂了。

黑权、高强一起用力把懵懂的我拉到众人身后，教训我说，你闯祸了。

我还没反应过来，在旁边的肥灿先开口了，语气幽怨，没有鸡鸭鹅吃，没有汽水喽。

是呀，如果把全叔讨媳妇的事弄黄了，我们就没的摆喜酒，不摆酒，我们就没有鸡鸭鹅吃，没有汽水喝。更可惜的是，没有白手巾，没有白布鞋呢。我扇了自己两个耳光，好不后悔自己的鲁莽。

哎呀，凤姐，小孩了不经事，别介意。福婶收起笑容，指着全叔说，阿全一表人才，人品上乘，也是我们村子的秀才呢。

未来婶婶大概坐不住了，向坐在太师椅上的妈妈使个眼色，轻轻地点点头。这个动作不大，我看到了，其实大家也都看到了。她和全叔，本来就是今天的主角，大家可留意他们的。

福婶一看，又立马露出灿烂的笑容，对着二叔婆说，快快快，煮糖水！

二叔婆和妈妈马上向厨房跑去。随即大家也露出了笑容，包括"太师椅"女人。未来婶婶低着头，两片红霞飞到了脸上。

后来我才知道，大家相亲，两样东西是少不了的，一个是必须有一个"媒人"，要遵循父母之命媒妁之言，之前全叔跟婶婶自由恋爱，破坏了村子多年的规矩；另外一个是，双方满意可以成亲了，就一起喝鸡蛋糖水。

我又转头找全叔，他已走到身后，不但没有惊喜，反而脸色难看。我正要开口问个究竟，他先开口了，焦急地说，你帮全叔一个忙，好吗？

我毫不犹豫地点点头。

于是，我按照全叔的吩咐，在二叔婆和妈妈回到堂屋之前，把全叔准备的糖不甩端给"太师椅"女人。

"太师椅"女人一看，原本挂着笑容的脸马上突变，变得又红又黑，十分难看。她匆匆往嘴里塞了一个糖不甩，就挥手招呼大家匆匆离开。

他们身后，留下疑惑，叹息，无奈……

这一次之后，我又知道了，如果相亲不成，主人家就给大家吃糖不甩。

第七章　自家人

自小，我们听老人家说得比较多的一句话是，村里的人，都是自家人，都是兄弟姐妹。起初，我们没有多大的感受，天亮了，大家各做各的农活；天黑了，大家各回各的家，各做各的饭。而当我们慢慢长大，经历事情后，我们似乎慢慢地有所体会，直至感触颇深。

其中，祠堂便是承载着村子融和的一个主要的地方。

一、 祠堂

前面说过，村子里有个祠堂。别小看这个祠堂，那可是我们经常去的地方。我们在祠堂里感受到的，就像自家人一样的气氛，我们却是晓得的。

祠堂位于村子南边，一段不长不短的青石板小路，把它跟村子连接起来。青石板一块挨着一块，长短不一铺在路的中间，或许走的人多了时间长了，石板上面有不少坑洼，有些则布满裂缝，快要破裂似的。但我很喜欢走这一段青石板路，特别是晚上。石板路蜿蜒穿过一片水田，经过一棵大榕树，绕过池塘，走在路上，远处的小山若隐若现，近处的小溪流水叮咚欢歌，一股清新的气息扑面而来，瞬间便心旷神怡。如果是夏天晚上，踏着银色的月光，迎着阵阵微风，听着声声蛙鸣，更是格外舒畅。

祠堂坐北向南，跟村子简单朴素的房屋相比，祠堂的建筑装饰华丽精致，庄重的红粉石墙身，满布人物、花草等图案雕刻，细细诉说着它的庄严和古朴。

不用召集，也不必预先布置，晚饭后，大家便自然而然地陆陆续续来到祠堂，三五一群，海侃神聊。

通常境况是，几个老人家蹲在门边，拿着水烟枪，或深或浅吸两口，然后或东或西扯上几句，一般没有尖锐的话语，甚至没有明确的主题，更多的是在打发时间而已，有时或是眯缝着眼在打盹。

而祠堂里面相对就要热闹得多。年轻的男人都爱聚集在屋中间，少的七八个，多的二三十人，围着一个八仙桌，有时是听着娓娓动听的故事，有时是相互之间激烈争吵。比如，谁要是到外面走了一趟，那么他必定成为主角，跟大家讲所见所闻所想。

有一次，黑权的叔叔去了一趟省城回来，当天晚上，他就成了主角，足足有三十多人，里里外外围着五六圈。黑权叔叔坐在人群中间，扯开嗓门，跟大家讲他坐上了火车，坐上了电车，住上了百货商店旁边的招待所。"演讲者"滔滔不绝，眉飞色舞口沫横飞；听众则屏气凝神认真倾听，艳羡不已。

因为是黑权叔叔主讲，我跟黑权、肥灿、高强早早就来到祠堂，占据有利位置。可能是因为我们也去过一趟省城——虽然没有去成功，但是应该也会有同感吧，黑权叔叔每讲到一个细节，我们就激动一次。

黑权叔叔说，坐火车可真有意思。长长的一列，足足有四五十个车厢，但是，别看这么长长的，火车可跑得快，又稳当。

黑权瞄肥灿一眼，恨恨地说，下次你请我们坐一回。

没问题，没问题，大家自家人，不分彼此。肥灿轻松一笑回应。

黑权叔叔又说，电车可神了，没有一点汽油味。

可不，我们平时看到的汽车，一加油，屁股儿冒出一股黑烟，难看又难闻。有人插话说道。

我们瞪大眼睛，尽量去想象。

当黑权叔叔讲到住招待所时，更把我们吸引住了。黑权叔叔接着说，那个床呀，忒舒服，够大，可以在上面翻跟斗；又软，好像铺着弹簧。

当大伙羡慕得口水快掉地上时，黑权叔叔话锋一转，装着哭笑不得地抱怨说，床太软了，就像一堆稻草，老子翻来覆去，一个晚上都睡不着，第二天起来还腰酸骨疼哪。

哈哈哈。我们都笑开了。

唉，早知如此，我就不住那里，找个硬板床，又便宜又舒服。

黑权叔叔接着说。但是，不用想这就是他的真心话。

哈哈哈。大伙笑得更开心了。

二、 电视机

我们小孩有小孩的天地。在祠堂的东角，有一台电视机，做完作业，吃过晚饭，我们便在电视机前聚集，就像看小人书，看起电视来，我们也是如饥似渴。那是一台黑白电视机，可它是村子最早的电视机，在村子简单的生活中，它带给了我们无限的欢乐，也是我们了解外面的窗口。

因为是唯一一台，电视机成了一件宝贝，村里专门做了一个木柜子，把电视机装在里面，用一把铜锁锁住，而且安排专人掌管，每天晚上七点到九点半，就开两个半小时。

尽管如此，通常是，六点刚过，我们便陆陆续续来到电视机前占位置。

最快乐的时光，当属全叔管理电视机那阵子。没错，全叔曾经做过管理员。那时，他辍学回到村子，白天干农活，晚上帮助村里管理电视机。

于是，我们比平时到得更早了。尤其是星期三——播放电影的晚上，我们三四十个小孩很早便整整齐齐坐在祠堂里，等全叔"开讲"——全叔不仅仅是开关电视机，更吸引我们的是，他会提前跟我们讲电视节目相关的一些事情，这不但让我们对电影故事印象更深，也让我们了解到电影里没有的事情。至今我们印象特别深的电影是《上甘岭》，除了战斗场面激烈、故事感人之外，很重要的，是因为全叔跟我们讲了许多抗美援朝的故事，比如为什么要跨过鸭绿江去跟美帝大干一仗，还有毛岸英的故事，甚至至今我们还不完全理解的180师的事情等等。

后来，村里安排全叔到纸厂去做事，因为事情繁杂，全叔又十分使劲，无暇顾及管理电视机的事情了。

前面说过，全叔去纸厂做事，好事多磨，也罢，终究比在生产队好。可不，他到纸厂没几天，便忙得不可开交，白天在厂里折腾，晚上则伏在桌子上写写画画。他说要制定厂里的生产制度和流程。还三天两头往外跑，说要联系业务什么的。我们不太明白纸厂生产的事儿，但是我们分明感觉到，尽管忙得不可开交，但是全叔刚回村子时紧锁的眉头，在不知不觉中舒展开了，回复到读书时的坚毅。

之前老校长叫全叔去学校教书，生产队长光叔坚决不同意，二叔公咽不下这口气，那天晚上，二叔公和光叔在祠堂吵了起来。二叔公光着膀子，双眼冒火，声音颤抖。自小至今印象中，我从来没见过二叔公如此恼火。手心手背都是肉，最后，大队书记拍板，两边不得罪，来个折中安排，让全叔去纸厂做事。一直低头沉默不语的全叔，二话不说，欣然接受。在村子，抬头不见低头见，全叔也是顾全大局吧，免得大家弄得更僵。

三、全叔回来

全叔回来了！

一天下午，第一节数学课。我们没有午睡的习惯，可是，数学课本来就不容易讲好，那天数学老师的课又讲得很枯燥，所以我们都强打着精神，看似聚精会神听课，魂儿却随处飘荡。

这时，黑权轻轻碰碰我的手肘，小声说，我们今晚玩什么来着？

我瞟了他一眼，不作声。先熬过这仿如漫漫长夜的40分钟再说吧。我心想。

困，无聊，哎噢，今晚找点乐子吧。黑权小声地喋喋不休。

我没有再管黑权。出乎我们预料，数学老师今天的耐心超级好。如果把她惹毛了，可不好受，有一个"黑色五一节"长期烙在我们的心中。

那年放假前一天，数学老师密密麻麻地在黑板上写满作业，我们抄得手渐渐发酸，终于有同学忍不住，抱怨说，要命，那么多作业的。数学老师一听，板着脸说，加五道题！我们一听，异口同声伸张，才放一天假！数学老师脸一黑，用力一敲讲台，高声嚷，再加十道题！！我们个个口呆目瞪，不敢作声，课室瞬间安静下来，想必连蚊子飞过都能听见了。数学老师似乎还不解恨，接着说，不作死就不会死！不消说，只有一天的五一节假期，我们全部都猫在家里写作业，我跟黑权肥灿他们约好的逛书店上茶楼的事全泡汤了。自此以后，我们绝对不敢在数学老师面前造次，我们深刻记住了那个"黑色五一节"，还有数学老师那句"不作死就不会死"的话。

我一直认为，是不是学语文跟学数学存在天然差别？语文有同义词近义词还有通假字，语文老师经常让我们搜肠刮肚用不同的词语来写作文，而数学老师叫我们做的每一道题，只能有一个答案。

突然，黑权用手肘使劲撞了我一下。我转过头去，正要发怒，他用不大不小的声音对我说，告诉你一个事儿，全叔回来了！

我一听，一个激灵精神起来，困乏睡意全部不见了，随即情不自禁大声叫了起来，真的？太好了！

唉，都说了，不作死就不会死，惹毛了数学老师后果很严重。在老师讲课时大声捣乱，这或许是数学老师遇到的头一遭，她严厉地把我们训了一通。我和黑权除了被罚站，还被罚做十道数学题，没做完的不能回家。沉默不是懦弱，数学老师今天让我们体验了什么叫在沉默中爆发——那就是罚做十道数学题！

四、 失望

放学铃响过，同学们陆陆续续回家了，只剩下我和黑权伏在书桌上，拼命地做题。

全叔是不是真的回来了？你说，你说呀。我边做题边问黑权。数学课上听黑权这么说的时候，我当时没多想就相信了。后来一激动闯祸被罚，我突然又觉得是黑权故意作弄，无中生有。

黑权只顾埋头做题，对我的追问不闻不顾。我心里清楚，他责怪我闯祸殃及池鱼了。可是，始作俑者是他呀。

我努努嘴巴，埋头做题，也不管他了。

在不知不觉中，窗外已经全暗下来，远处，渐渐亮起稀稀落落的灯火；耳边，似乎隐隐约约飘来一些蛙鸣声。

我合上作业本，揉揉双眼，伸伸懒腰，准备收拾东西回家。

哎你别走，救人一命胜造七级浮屠。黑权冲我一笑，红着脸说道，我还有五道题不会做，你给我参考一下吧。

我毫不犹豫把作业本递给他。

谢天谢地。黑权拿过我的作业本，双眼发光，然后认真地告诉我说，他今天中午经过祠堂的时候，无意中听到里面的人讲的，他们说全叔昨天晚上回来了，但是他不敢确定。

真的，肯定是真的。我心里想。于是，我把课本胡乱往书包一塞，就夺门而出，在夜色中飞奔，我心中满是预感和期待，全叔会突然间出现在我的面前。

当气喘吁吁回到家时，我大失所望，不要说全叔，二叔公和爷爷的影子也找不着。我一屁股坐在门槛上，不知道是因为肚子饿了，跑得太快，还是失落所致，一股莫名的东西，一阵一阵地冲击着我的胸腔，很难受。

五、 二叔公的眼神

哎，你又去哪儿疯玩了，还不吃饭去？

是奶奶。她看着我，既奇怪，气愤，又怜惜。

二叔公和爷爷呢？我问。

正从锅里端饭菜的奶奶，慢慢停下手，转过头看着我，稍一迟疑，用沙哑的声音说，村口，村口。

我一听，立马明白，就像注入强心针一样，再次以百米冲刺的速度向村口的小山坡飞奔而去。

一路上，我脑海里不断闪过各种画面。一会儿是全叔牵着婶婶，很亲密很温馨；一会儿是二叔公孤身站在小山坡，出神凝望着远方；一会儿又是祠堂里父老乡亲们百无聊赖的争吵，仿佛很清晰，又仿佛很模糊。

远远地，我就隐隐约约看到两个身影站在小山坡上，越来越近，越来越清晰，是二叔公和爷爷。

全叔呢，全叔呢？远远地，我就嚷开了。

走了。爷爷不紧不慢地说。

为什么，为什么？我拉着爷爷的手质问，眼泪夺眶而出。

他很好，过得很好，没事的。爷爷答非所问，语气坚定。

跟那次在这里迎接大人物进村时一样，二叔公站在一旁，默不作声，眼睛出神地望着前方。但是，也是在这个位置，也类似这样的动作，我却感觉今晚二叔公跟往常不一样。

是不一样。细看，我分明看到二叔公眼睛里流露出的喜悦和赞许，就像以前在坑洼不平的壁上张贴奖状时的表情。

我突然间好像懂得了许多，一手牵着爷爷，一手牵着二叔公，像他们一样，沉默着，眼视前方，夜渐深，远方渐渐变成漆黑一片。

小山坡下面的工地里，不知何时出现了点点亮光，尽管不多，也很微弱，但在广袤的黑夜里，却是格外引人瞩目。

六、 彩色电视机

全叔回来一趟之后，我总觉得爷爷和二叔公变得有些怪异，他们经常眉飞色舞地谈论着什么，而我一到他们身边，他们便不再说话，都沉默不语。就连走路都跟以往不一样，似乎走得更快更轻盈了。

有一次，他们在屋里说着话，我悄悄地躲在屋子外面的窗口下偷听，终于发现他们的秘密。

阿全带回的电视机，他说是有颜色的，对，叫彩色电视机。二叔公说。

阿全说彩色电视机可好看了，比祠堂里的黑白机子强多了，里面的人穿着什么颜色的衣服，我们就看到什么颜色，嘿嘿，真神。爷爷说。

是哟，活了几十年，我还真的没见过这玩意儿。二叔公说。

你看，我们把它安装起来好不？爷爷说。

瞬间沉默，但是微微感觉到二叔公在摇头叹息。

我可再也沉默不住了，高声欢呼起来，哟哦，我们有彩色电视机喽，我们有彩色电视机喽！

不到半炷香工夫，二叔公家门口围满了乡亲父老，足足有七八十人。

这下子倒好，爷爷和二叔公再也捂不住了，涨红着脸，颤抖着双手，在大家的帮助下，把全叔带回来的电视机安装好。

当晚，二叔公家里三层外三层围满乡亲，大家第一次看了彩色电视节目。我清楚地记得，那天晚上我们看了香港的连续剧《天蚕变》。

七、 新聚会场所

相对于之前的来信，全叔这一次回来，着实在村子激起了一个波澜。连续几天，乡亲父老的谈资不再是大人物和工地，更不再是鸡狗鹅鸭，全部围绕着全叔。

晚饭过后，我准时来到二叔公家。这里渐渐地聚满了乡亲父老，大家边看电视，边饶有趣味地谈论着同一个话题。

开始，焦点是质疑、声讨，大家都说全叔做的事伤风败俗，愧对列祖列宗，为什么还有颜面回来。

之后逐渐地，大家谈论的内容好像转变了，关注起全叔在外面的情况来，把以前全叔的是是非非抛到九霄云外。

有人说，全叔没田没地，没的穿没的吃，生活穷困潦倒。还是我们村子好，有着一亩三分地，可以穿暖吃饱。

有人说，全叔的日子可滋润了，不但住上了楼房，还餐餐大鱼大肉，比我们村民可强多了。

两派意见各说各的，谁也拿不出具体事实，最终谁也说服不了谁。但是，很明显的一点是，大家不再忌讳讲全叔的事情。

而二叔公眯缝着眼睛看着电视机，手里拿着的水烟枪半天没吸一口，甭说，他的心思全在大家的议论声中。

全叔过得如何，我不晓得，乡亲父老中有人说到的一个情况，我倒是相信，打心里相信。他们说，全叔在一所学校做老师，婶婶在一家商店做售货员，一家子过得很幸福。全叔终于做老师了！为此，我兴奋得一夜未眠。

还有一个事实，我们看香港电视剧多了，到祠堂聚会侃大山少了。自从有了第一台彩色电视机，每天晚上，小孩和年轻人都往二叔公家跑，渐渐地，经常在祠堂聚会的就剩下一些老人家了。

八、 捉蜻蜓

去的人少了，祠堂在不知不觉中，失去了昔日的辉煌。

有一天，我忽然发现，装着那台黑白电视机的木柜子上面，铺着厚厚的灰尘，一夫当关的铜锁出现了点点锈迹，垂头丧气地挂在那里；而一直以来被乡亲们打理得整洁干净的外墙根，也不知道什么时候冒出了斑斑驳驳的青苔。

而尽管如此，祠堂仍然是我们喜欢去的地方。烈日当空，我们喜欢在大榕树乘凉；夕阳西下，我们喜欢到小溪捉鱼嬉戏。累了，我们就跑到祠堂里休憩。

一个周末下午，我们在大榕树下玩耍，那天，蜻蜓特别多。它们有的上下飞舞，婀娜多姿；有的轻轻地停在草叶上，尾巴不时左右摆动。几只黄蜻蜓红蜻蜓，在清澈见底的溪水上面飞旋，尾巴不时轻轻点一点水面，这大概就是我们通常说的蜻蜓点水吧。

我们去捉蜻蜓吧，丽丽提议说。

好啊，我们比赛看谁捉得多。我们附和。

最开心的莫过于雪儿了，拍着手掌欢呼起来。

于是，我们往不同方向散开，寻找目标。

我和雪儿来到小溪边，那里的草叶上停着几只蜻蜓。雪儿张开手掌，迫不及待扑上去，可是，人没接近，蜻蜓已张开翅膀飞走了。

哼，讨厌，雪儿跺跺脚，又气愤又无奈。

别急，看我的。我说。

嗯。雪儿点点头。

这时，我瞄准了一个青黑色的大头蜻蜓，蜻蜓的脑袋圆圆的，脑袋上长着一对突出的绿宝石似的大眼睛，还有一张小铁钳似的嘴巴。我屏住呼吸，一步一步轻轻地向它靠近，待接近它时突然出手，一下子就把它的尾巴捏住。大头蜻蜓感觉危险到来，鼓鼓的大眼睛瞪着我们，奋力地拍打着透明的翅膀，可是已无济于事。

噢耶，太棒了！雪儿又是拍着手掌欢呼起来。

不用大惊小怪，小儿科的技巧，我们从小就捉蜻蜓玩的。我说。

雪儿毕竟挺聪明的，学着我的样子，尝试了两三次，居然也捉到蜻蜓了，有一只还是红蜻蜓呢。要知道，捉红蜻蜓不容易的，它们精得很，稍稍接近它们就会飞走。

我们的欢笑声，随着蜻蜓起舞，在榕树下回荡。

九、打水仗

嘿，我记得我们学过一篇文章说，蜻蜓低飞会下雨，等会儿会不会下雨呢？雪儿像发现新大陆，惊奇地说。

是呀，你们瞧，今天的蜻蜓好像特别多，飞得也特别低，我说，真的有可能下雨噢。

下雨好玩，下雨好玩。这回，轮到肥灿拍掌欢呼了。

黑权敲敲肥灿脑袋，指着蓝天，反驳说，难道老天爷是吃素的，会听你瞎吹的吗？你看，这样的天空，哪会下雨的呢？

我们一起抬头，没有见到乌云，的确不像要下雨的样子。甭管，玩腻了，我们便放飞手中的蜻蜓，当然也忘记了是否下雨的事儿，脱去上衣和长裤，一头扎进水塘里，玩起打水仗——当然，雪儿和丽丽是女孩子，只有站在岸边观战的份。

我们互相追逐，互相把水往对方脸上泼，顿时欢笑声四起，水花四溅，原来平静的水面，瞬间泛起层层波浪，在阳光照耀下波光粼粼。

深谙水性的黑权，双脚踏水，双手轮番发起攻击，占尽优势；

正当我们转过脸将要逃走躲避，他又会潜入水底绕到你跟前，突然发起攻击，活脱脱一条泥鳅。

站在岸边的雪儿和丽丽一会儿拍掌鼓励，一会儿紧张叫喊；一会儿提醒肥灿躲避，一会儿指责黑权野蛮。

突然，雪儿高声尖叫起来，黑权不见了，黑权不见了！

我们马上停下动作，左右张望，其他人都在，偌大的塘面，确实是见不到黑权。

肥灿脸色一沉，惊慌地说，糟糕，黑权溺水了！

正当我们手足无措的时候，"哗啦"一声，黑权突然从水下冒出来，顺手拿着一把淤泥抹在肥灿头上，把肥灿弄得黑乎乎的活像个黑人。

我们长舒一口气，随即哈哈大笑。

接着，我们玩潜水，比谁潜得远，比谁在水下憋得更久，想不到，有一回居然是肥灿憋得最久——黑权背着肥灿，向我们使个眼色，我们马上心领神会，一二三开始，肥灿一头没入水中，我们却都站着不动，瞪大眼睛等着肥灿憋红着脸冒出头来。

更刺激的是跳水，我们爬上榕树，闭上眼睛，"扑通"一声跳下，水面立即溅起高高的水柱，玩得最疯的，五六个人手拉手一起跳下，那场景非常壮观，路上行人也常常驻足观看，不时向我们竖起大拇指。

十、 下 雨 了

正当我们沉浸在疯玩中，太阳公公悄无声息躲藏起来，一团乌云飘然而至，不一会儿，雨就像断了线的珠子，一个劲地往下掉。

我们马上捧着衣服，躲进祠堂屋檐下，静静地看着雨中的村子，雨中的世界。

大地间像挂着无比宽大的珠帘，迷蒙蒙的一片，而村子也变成了一个朦胧的世界，远处熟悉的房子，在雨幕中若隐若现。

雨点落在池塘中，激起无数涟漪，层层叠叠，看得人眼花缭乱；雨点落在田野里，小草花儿拍着手掌，摇摆着身子，欢欣起舞。

小路上，有人撑起伞，快步往村里赶；石桥边，几个小屁孩仰头张嘴，品尝着雨水，浑身湿透全然不觉；稻田里，还有披着蓑、戴着笠的乡亲，一手扶犁，一手扬鞭，吆喝着艰难前行的水牛，誓与天公争朝夕。

雪儿高兴地说，下雨啦，哦噢，哦噢，下雨啦。

还是雪儿说得对，蜻蜓低飞真的会下雨呢。我说。

当然啦。雪儿得意地做个鬼脸。

雨中的村子，真美。雪儿接着说。

我们细看，雨中的村子，的确像一幅美丽的水墨画。

其实，村子本来就不缺这些景象，可能是我们"只缘身在此山中"吧。高强说。

是，也不全是这样。我说。

何解？你说得太玄乎了。黑权看着我说。

何解呢？我一时也搭不回答，片刻，我慢悠悠地说道，可能是巧巧老师的到来，雪儿的到来，带给我们不一样的感受吧。

哦，有道理。高强点点头。

十一、 雨水滴答

雨越下越大，粗大的雨点滴答滴答落下，打在祠堂屋顶叭叭直响；雨水顺着屋檐流下来，开始像断了线的珠子，渐渐地连成了一条线，落到地上，汇集成一条条小溪流。

一条条雨线，滴答滴答的声音，大地母亲就像弹起动听的琵琶。

太好听了。雪儿动情地说。

没想到吧，雨中的村子，别有一番风味的。我说。

是呀，在县城里，尽是楼房，尽是车辆，才不会有这样的美景，这样动听的声音的。雪儿说。

嗯嗯，雪儿说得对，那次我在城里碰上下雨，街上一下子变得乱哄哄的，单车左右蹿，汽车拼命响喇叭，还有那些城里人，都像小白兔，踮起脚跟一闪一跳，急急忙忙往屋里躲。肥灿说道。片刻，意犹未尽，他继续补充讲道，城里人也真的娇气，那么匆忙干嘛，就这么一些雨水，难道会把脚上的高级皮鞋打湿了不成。

肥灿，不能一竹竿打死一船人呀，城里人还是好人多的，比如咱们的雪儿和巧巧老师。我边说边用眼睛余光瞄着雪儿，生怕她生气。

高强接着说，就是呀，你不能污蔑咱们的雪儿和巧巧老师，她们可好呢。

小鸡肚子，是你肥灿自己的问题。黑权捶捶肥灿，挖苦说，谁不晓得那次你被汽车溅了一脸泥水，灰溜溜的就像狗熊，自己太笨了不会躲闪，还怪人家城里人不好。

肥灿无言以对，脸红一阵白一阵。

想不到，雪儿不但不生气，反而咯咯咯笑开了，说，肥灿说得对呀，在城里上学上班挤公交，每天都急急忙忙的，回到家把门一关就闷在家里，对门住些什么人也不知道，哪有我们这里自由自在的，还是我们村子好呀。

对呀，我们村子挺好的。我们齐声说。

十二、 石头开花

你们快看，快看，石头开满了花！这时，雪儿指着门前的鹅卵石地面，惊喜地说。

我们一起往前看，也瞬间被吸引住了。雨水打在鹅卵石上，溅起一朵朵小水花，整个地面开满了花，此起彼落，就像一个大花园，甚为壮观。

走，我们玩去。

雪儿边说边把鞋子脱掉，蹦跳着冲入雨中。

我们不甘落后，跟着一起冲入雨中，然后一起手拉着手，围成一圈，在祠堂门前歌唱，跳舞。天上的雨水，落在脸上、打在身上，很舒服；地上溅起的水花，湿透了裤管，冰凉惬意。

不知不觉中，大雨停了，太阳公公重新露出脸来，染红了天边的云彩。

彩虹！有人惊呼道。

我们一起兴奋地把脸转向天空，只见在广阔的云幕上，奇异地出现了一条彩虹，赤橙黄绿青蓝紫，就像仙女抛下的彩带，绚丽多姿。

快许愿，快许愿吧！有人说。

我们村子有个说法，见到彩虹是一件很幸运的事情，而对着彩虹许愿，十有八九会灵。

于是，我们闭上眼睛，双手合十，口中念念有词，仿佛都要把心中的美好愿望寄予彩虹姐姐。

好多彩虹，好多花！

当我们睁开眼睛，都激动得尖叫起来。

鹅卵石地面上，有一摊摊积水，在阳光映照下，一闪一闪的，像无数条彩虹，又像无数朵五光十色的花儿。我们仿如置身于一个欢乐的大花园中。

第八章　总会有明天

曾听说，成长是以对过去快乐的遗忘和抛弃为代价的。可不，冬去春来，快乐总是不知不觉地消逝，各种烦恼和感伤也总是在不知不觉中袭来。

且不说全叔的事儿，那简直是承载了我们村子的快乐和伤痛，也不时在我心中激起波澜；也不必说我们越来越紧张的学习和农活，不断挤压着我们疯玩的时间，短短不到一个学期的光景，我们几个小伙伴就经历了几次的分别。

所以，我很想继续讲全叔的事儿，尽情延续我们小伙伴们的疯癫，然而，多少次，竟无语凝噎。

一、 告别肥灿 （1）

一个星期天，肥灿约我们几个去赶集，他还故作神秘地说，要请我们几个吃喝玩乐，痛痛快快地玩一天。

肥灿没有食言。我们跟着肥灿，一直从早上疯到下午。

那天，太阳公公起个大早，不温不火地迎接我们。而圩场街道摆卖，要比太阳公公火热得多，四方老乡早早赶到，挑来瓜果，赶来牲畜，摆好摊档，用力吆喝。我们左闪右躲，敏捷地穿过人群，来到了我们的第一站——冰室。

因为时间尚早，冰室人不多，跟已是人声鼎沸的街市相比，显得有点冷清。这倒好，用不着排队。冰室里的各种雪条、雪球、冰水、汽水等等，甚是诱人。

我要红豆冰。黑权擦擦嘴巴，毫不客气地说。

我要雪球，双色的。高强紧接着说。

没问题，没问题！肥灿打个 OK 手势，爽快地说，还不够，每人再来一个五羊甜筒。

我们一听，立马蹦跳起来，随即疑惑地瞪着肥灿，问，你这小子，发大财来着？

肥灿平时慷慨大方，经常请我们吃喝，可今天如此爽快，还是出乎我们的预料。要知道，五羊甜筒，我们平时想都不敢想呀。

喝着透顶的冰水，舔着甜甜的雪糕，特别是浓浓奶香味的五羊甜筒，我们好不得意和快乐，我想，我们几个会一生记住那个味道的。

这边才吃罢，肥灿便拉着我们来到了另外一个地方——我们经常去的干店。他说要送我们小人书。

既然肥灿慷慨大方，我们也就随意挑选。我没有太多考虑，手一指，挑选了一套共有上中下三本的《星球大战》。当时我不明白，这次为何别出心裁选择这套虚幻的故事书，是我们村子之外的世界已经猛地发生着变化，抑或冥冥之中我们的生活已悄然改变？

一拿到新书，我们马上跑到书店门口，坐在台阶上如饥似渴地看起来。尽管大街上人头攘攘，吆喝声此起彼伏，我们却丝毫不受影响，完全沉浸在另外一个世界里。

看到美国人各种星战计划，奇形怪状的战车，让人摸不着头脑的激光枪，我不太明白，但觉得新奇，激动。

二、 梦中 "星球大战"

凝聚着肥灿情谊的那套《星球大战》，我放在书包里好长一段时间，课余空闲，我经常拿出来看，百看不厌。

一次，我和肥灿黑权几个小伙伴，穿着铁甲战衣，别着激光枪，率领一支战队，驾驶着银河战车，在星际中穿梭。一眨眼飞离地球，一会儿绕着土星，一会儿闪过太阳，一会儿穿越黑洞，英姿飒爽，潇洒飞行。大大小小的星球，密布在无边无际的宇宙中，就像千千万万盏灯，璀璨夺目，神奇壮观。

嗒嗒嗒，注意，注意，第二银河系第三太阳系中，发现敌人，发现敌人。我们飞船控制台上的红灯猛然亮起，急促鸣叫，提醒着我们，敌人在距离100万光年的前方。

哦耶，小鬼子，你们终于出现了。黑权兴奋地嚷道。

快快，我们快找树根掩护，找山坡埋伏。是肥灿，他接着紧张地说，糟糕，周边黑乎乎的，没有山坡，没有荔枝树，怎么办呀！

哈哈哈，这是宇宙，不是荔枝园。看着肥灿的熊样，我们开心地大笑起来。

启动精密侦察追踪，别让他们溜走了。黑权对着飞船发布命令。

不到十分之一秒的工夫，飞船电脑回答，前方敌人来自第三银河系，共有三十万人，战船十万艘，战车十万辆，配备光速导弹，激光炮，铁甲人等武器……

小菜一碟，黑权说。

敌人是威震宇宙的幻影枯颅队，武器先进，作战英勇，他们称霸第三银河系多年，刚刚又横扫第二银河系，把大家打得天翻地覆。飞船电脑继续提醒道。

"咣当"一声，肥灿居然摔到地上。他狼狈地爬起来，战战兢兢地说，这这这怎么打哪？

的确，我们周边只是星球，黑洞，没有可以躲藏埋伏的高低错落的梯田小山坡，没有可以爬上去侦察的大树，没有饥饿时可以充饥的甘蔗番薯——也没有"卫生员"。

黑权说，肥灿不用做卫生员，升级做上尉，在旁边盯着屏幕观战就可以了。

我可不管他们那么多，宛如一位久经沙场的将军，手一挥，我们的战队立刻兵分几路，组成战斗队形，从前后左右上下全面向敌人发起攻击。瞬间，整个银河系火光冲天，爆炸声此起彼伏，幻影枯颅队队员，一个个在我们的精确射击中灰飞烟灭，我们则拍手称快，互相祝贺……

突然，又是"哐当"一声，我猛然惊醒。我慌忙从地上爬起来，抚摸着疼痛的屁股，看着枕头边的《星球大战》发呆。

《星球大战》的封面上，有几滴还没干的泪水。

三、 告别肥灿 （2）

后来几次搬家，《星球大战》不知道弄到哪里去了，我想尽办法，最终还是没法找回。但是，心中一直没有失落和可惜。其实，有些东西，丢失了可能是个好事，长期留存于记忆中，反而会不时勾起伤感。

比如全叔，还有和全叔相关的事儿。他离开我们已几年，虽然我们生活依然，我们学习依旧，而有些东西却时不时在脑海中浮现，有时清晰，有时模糊；有时在我们困难无助时，给予我们信心和力量，为我们枯燥的生活增添色彩；有时又在我们无忧无虑的日子中，冷不防给我们一个碰撞，虽不至于被撞倒，也免不了一个趔趄。

还是说回肥灿的告别演出呗。

当太阳悄悄爬上头顶时，我们转到了另外一个地方——茶楼。这一次，按照肥灿的意见，我们在大堂当眼地方找了一张大桌子，大大方方地坐下来。甭说，我们点了好多好多的菜，就如村子大户人家娶媳妇大摆筵席，整个桌面摆得满满的。我们还点了每人一瓶啤酒，是似乎没有酒精的甜甜的菠萝啤。

这顿饭，吃了整整两个多小时，啤酒喝光了，菜却剩下一大半。因为，在吃饭的时候，肥灿终于告诉我们，他要离开我们，跟随父母移居香港。虽然我们一直有预感肥灿会移民，但是当现实真的到来的时候，我们还是感到意外和不舍。

我们几个小伙伴，平生第一次喝酒，第一次抱在一起哭了起来。满桌佳肴被晾在一边，成了多余的陪衬。

所以，就像那套《星球大战》在不知不觉中丢失一样，我觉得有些事情，本就该让它不知不觉地湮灭在时间长河中。

四、积极备考

无声无色的一场春雨，浇绿了小草，浇开了荔枝花，浇醒了大地万物。一群麻雀，叽叽哼着歌儿，在碧蓝如洗的天空轻盈划过，自由惬意。

而在教室里的我们，却是另一番感觉。我们没有了往年的闲情逸致，都猫在课室里，捧着课本，日夜复习。再过几个月，就是在蝉鸣荔熟的六月，我们将要面临人生第一次大考——小学升中考试。

　　开头讲到，爷爷常常要求我们好好读书，像全叔那样，读完小学，再读初中，读高中，将来还要读大学，要有出息，就要读书，自小，这些话就把我的耳朵磨出了老茧。读书，上大学，这似乎是我们村里人告别黄土、飞黄腾达的唯一途径。所以，我们没有去放牛，没有去玩耍，也没心思欣赏村子妩媚的春天，天蒙蒙亮，便跑到课室里写作业，温习功课。

　　阿妹老师很敬业，每天找来很多张试卷让我们做。当然，这些试题对我来说小菜一碟，我总是很轻松地第一个做完。

　　有个小秘密，我一直没有对其他人讲，那段时间，雪儿给我寄来很多她们学校的练习题，我也很认真地把它们做完，并且牢牢地记住了。

　　我的目标，是县中学。

　　阿妹老师说，我能冲一冲。

　　乡亲父老说，全叔之后，就看"狗仔"了。

　　跟大部分在熬日子或者彷徨中的同学不同，随着时间推移，我的信心不断地在增长，甚至非常盼望升中考试的到来，或许是因为受全叔影响，我一直用心读书的缘故，或许是雪儿的暗中相助，又或许是肥灿的鼓励——他许诺说，如果我考上县中学，他请我们几个伙伴到县城住一个晚上，去大酒楼吃喝，去逛大商场，去游动物园。

五、再见雪儿

就在我们紧张复习的时候，有一天，阿妹老师突然对我说，要我去县里参加一个作文比赛，她郑重其事地强调，我是被选上代表公社去的，无比光荣，而且，如果获奖，升中考试可以加分。

甭说，我可高兴了，一蹦三丈高。当然，除了阿妹老师的原因外，我的心里还隐藏着一个小秘密。

于是，盼望着，盼望着，好不容易盼到了比赛到来。

那天，我满怀激情，写下了后来受到一致好评的作文。一交卷，我撒腿就往书店飞奔而去。

在书店里，我擦着汗，看着久久盼望着的琳琅满目的书籍，我却怎么也提不起兴趣来了。

小秘密哇，到书店可不是小秘密，那是我自小的爱好罢了。

我的手往裤袋一摸，心随即冰凉透顶，情绪低落到谷底——我的裤袋里，装着写好打算寄给雪儿的信。我要寄信给雪儿，告诉她我来县城了。可是，信件写好了，我却没有勇气把它寄出去。

我定定神，强迫自己去看书，想把心中的焦虑、后悔压制下去，可是，胸里反倒像堵住了，堵得厉害，一种快要窒息的感觉。

哎，你是不是买书的？别在这儿挡路。售货员的声音把我惊醒。

哦，是，是。我慌慌张张地回答，我要那本《静静的顿河》……

阿姨，我要那本《德伯家的苔丝》……

几乎在同时，一个清脆悦耳、遥远而熟悉的声音在我耳边响起。

我立即转过头，不偏不倚，目光正好跟她对上——对，对，是雪儿，居然是雪儿，真真切切的雪儿，我梦中的雪儿！

我怔住了，张大嘴巴，竟说不出话来。

后来如何跟雪儿交谈，我忘记了，只记得雪儿问，你有想念我吗？

当然有喽。我答，心中突然冒出一段不知道什么时候读过的话：我每想你一次，天上就掉下一粒沙子，于是便有了撒哈拉。

六、 疯狂的股市

在我们紧张备考的时候，黑权却突然消失了三天。他跟老师请假的事由是，生病了。老师也懒得去细究，她关注的是我们几个尖子，对其他不抱希望的同学，表面上管得严厉，实则只要你不影响大家，你爱来不来。

黑权就是当中一个。

我们可不一样，一放学就往黑权家里跑，可是找不着人。

三天后，黑权回来了。在荔枝林里，我们认真地听着黑权的三天的经历。

黑权说，他跟着叔叔去了深圳。他们先是交了一笔不少的学费，在一家培训机构听了两天课，课程有孔子炒股之道、孟子经营思想，还有从大唐西征看时下土地入股发展合作合资企业之类的。

天马行空，尽说瞎话，不过，似乎又有道理。黑权补充说。

然后，他们去到了证券所。那个场面，吓死人，数以千计万计的人，通宵达旦地在排队。那场面，就像我们小时候看到的那样，不，比我们小时候大人们集会还多十倍百倍。

他们在干嘛呢？我们好奇地问。

等呀，等着抢购新股抽签表。黑权说。

那些什么表，又干嘛用的呢？我们更好奇。

嘿，你们有所不知，可神了，一张抽签表，转手净赚五百块，五百块，五百块呀！黑权张开手掌，激动地说。

我们则瞪大眼睛，结舌瞠目。要知道，对我们来说，那时候一百块就是大钱了。

黑权随即脸色一沉，带点气愤地说，那些人简直是疯了，前推后拥，你拉我扯，你们看，我的衬衣被扯丢了两颗纽扣，这还不算，我的鞋子还弄丢了一只哪。

哈哈，我们忍不住笑了起来。转念一想，发觉不妥，马上收住笑容，想安慰黑权。

没等我们开口，黑权自言自语说，我还会来的，等着。表情严肃，坚定。

七、各奔前程

天气就像孩儿脸，说变就变，刚刚天清气爽，突然间洒下一场雨，沥沥淅淅的，整个村子便笼罩在朦胧之中，让人感到郁闷。

肥灿离开不久，又一个"打击"袭来——在毫无征兆之下，黑权突然告诉我们，他不读书了，他要南下去深圳打工，要闯出自己的事业。

我们没有去过深圳，除了肥灿。但是，对于那个地方，我们既熟悉，又陌生。每个学期，肥灿跟随父母，都会去一趟深圳，在那里跟他的叔公"香港佬"会面。每次回来，肥灿除了带回一大堆糖果跟我们分享外，还把在深圳的每一个细节跟我们分享。尽管没有去过深圳，可把每个片段串联起来，我们也有身临其境的感觉。

坐火车就不必说了，比如肥灿讲到上厕所和打电话，也是绘声绘色。他说，旅店里是抽水马桶，坐在上面，舒服和畅快。他说，打电话不用使劲猛摇，耗半天时间等接线，电话机上有个数字转盘，按照数字拨完，电话就自动接通了。我们听着听着，脑海中渐渐浮现另一个世界，跟我们村子完全不一样的世界。

真的是这样的吗？在我们当中，黑权最鬼马，经常有出人意料的点子，那次他突然打断肥灿的述说和我们聚精会神的遐想，我们期待他有新奇的想法，想不到他却很认真地继续问道，真的像你说的那样子吗？

是的，骗你是王八，肥灿回答。在黑权灼灼逼人的目光中，肥灿再用力点点头，不容置疑的。

黑权转过头，看着窗外蔚蓝的天空，握紧拳头，轻轻一捶大腿，自言自语说，我要去，一定要去的。

回想起黑权那次的表现，我常常分析，那是一时意气，还是情理之中？总之，我隐隐约约能理解他的选择。

那是六年级第二学期开学不久，也是各奔前程的日子，我们都在做着各自的决定。

先是肥灿，在大家的艳羡中，去了香港，去了那个在我们梦中恍如天堂的地方。接着是大头球，春节过后第二学期一开学，他就被父母送去邻县，投奔他的一个远房亲戚，做泥水匠去了。据说他的远房亲戚带着一个几百号人的工程队，建房搭桥，活儿多得做不完，钱也赚得不少。大头球父母说，春节过后立马过去，是要赶着工程开工，而我们心里晓得，大头球父母是要省下一个学期的学费。我们也晓得，大头球读书成绩差，考初中是没有希望的，他父母节衣缩食，一直供他读到六年级，已是难能可贵了。所以，那天我们送大头球到村口小山坡，他一路微笑着，没有失落，没有抱怨，自然，平静。

在炎热的教室里，坚持复习备考的，最后大概剩下一半的同学。半年后，我去了县中学，在那里，我又重遇了雪儿；高强去了镇中学，还进了重点班。当然，这些全是后话了。

八、 悲壮的 "战斗"

跟肥灿的"告别演出"不同，黑权选择了一个更有乡土气息的方式。

那天放学铃声一响，我们便飞奔出校门，以最快的速度来到了村子后面的荔枝林。

阳春三月，莺飞草长。高大的荔枝树上开满了白色的小花，密密麻麻，辛勤的蜜蜂，来回采蜜，今年又是一个荔枝丰收年。

按照老游戏老规矩，我们在那里进行了两场"战斗"。黑权带领他们的"共军"，跟我们的"国军"战斗起来。不消一会儿工夫，我们纷纷举起了白旗。

妈的，怎么都像被阉了的太监。黑权对着我们咆哮，兔崽子，拿出我们平时战斗的气势来！

于是，第二回合战斗开始。黑权更勇猛，攀着荔枝树，上蹿下跳，敏捷如猴；倚着泥垛子，时隐时现，如神兵天将。激烈战斗一直到我们筋疲力尽，大汗淋漓，才宣布结束。

我们光着膀子，躺在草地上，喘着粗气，舔着荔枝花，沉默不语。

良久，高强突然"扑哧"一声笑了起来。

你们记得"卫生员"肥灿吗？高强又突然收住笑容，红着眼睛，幽幽地说，忠于职守，坚决执行命令的"卫生员"。

我们没有回答，一起淡淡地笑起来，笑声里，有着怀念，有着希冀，有着甜蜜的忧愁。

怎么可能不记得，那个忠于职守的"卫生员"，那个跟我们一起摸爬滚打的肥灿呢？想必这辈子，他都会出现在我们共同的梦境里！

男儿志在四方，别他妈像一个娘儿！

黑权一个鱼跃站起来，模仿着京剧的动作，右手半握拳在胸前画个弧圈，然后手指往南面一指，意犹未尽地唱道，《沙家浜》第四场，转——场。

九、路

　　我们一路飞奔，来到了进村的山口，当时乡亲父老一百来人，在烈日下苦等半天，等候迎接大人物进村的地方。

　　大人物来过之后，先后断断续续有十多拨人到过我们村子，在我们印象中，村子从来没有这样热闹过。今天说这拨人什么委什么局的，明天讲那拨人过来看地形做预算的；这会儿说要修一条直到县里的马路，那会儿讲还要造两座桥。大队书记领着大队一帮干部，像铆足劲的发条，忙得不亦乐乎。他们除了应酬一拨又一拨的来客，陪着他们察看村子，跟他们讨论各种设想之外，还要三天两头往外面跑，到镇上这个部门那个部门，有时候一出去就是两三天，听说是到县城，每次总是匆匆忙忙，神秘兮兮的。

　　乡亲们也乐得茶余饭后多了谈资。祠堂，一如往昔的热闹，人还是那些人，话题却不是那些话题。大家抛弃了几十年如一日的鸡狗鹅鸭，也似乎厌倦了曾经多次拨动大家敏感神经的全叔，转而探讨村子的发展宏图。大家越说热情越高涨，每个人好像都是设计师，用横飞的唾沫，按各自的臆想，描绘着村子的蓝图。

　　在大家的孜孜不倦的谈论中，大概半年后，我们终于看到有三四十人，带着铁锹推车，开着两台推土机，浩浩荡荡来到村口，安营扎寨，轰轰隆隆开始作业了。不消几天，村口周边尘土飞扬，宛然一场大会战。

如果路修好了，那就好了！高强说道。

怎么个好法呢，全叔会回来吗？肥灿、黑权就不会离开我们了吗？我不断捶心自问。

眼前，原本狭窄而陡峭的进山道路，已被开挖出一大片，挖出来的红土，被堆成一座座小山丘——不知怎的，那一堆堆浮土，瞬间变成一个个鲜活的生命，在回味在叹息。是多年沉睡于地下，不愿意被惊醒和夺去这份宁静，还是一朝得见阳光，燃起梦想和期待？

你们记得吗？那次大人物过来，大车小车一条长龙，浩浩荡荡，大老远就弄得尘土飞扬，很壮观。高强感慨地说，把这路修好了，以后我们走这路，那就好多了，不用再费力气爬上爬下，不用再担心好天太阳辣，下雨一脚泥巴。

这是肯定的。我们出村子，可方便多了。大头球双手一指，双眼平眺远方，接着说，"嗖"一声，我们就能飞奔到好远好远的地方。

黑权默不作声，咬紧牙关，双眼出神地看着远方发愣。

那是黑权么？不，那是二叔公，当时他也是站在这里，看着远方发愣；那是二叔公么？不，那分明是黑权，我们自小一起摸滚带爬，一起成长的小伙伴。

深圳，是在那边吗？高强手指着前方，问。

唔……黑权支吾，不置可否。

全叔，还有肥灿，他们也是在那边吗？我喃喃地说，他们在做着什么呢，在看书，在玩耍？

大家只是木然地看着远方，没有人作声，没有人回答我。

一阵阵风吹来，轻抚我们的脸颊，带来丝丝凉意。我浑身猛然一颤抖。

黑权突然后退两步，又用力加速向前猛冲，快到悬崖边时，急停，迅速刹住，借着势头，右手用力把书包甩出去。书包先是往上飞，然后划着弧线，快速往悬崖掉下去。

我们依然木然看着远方，月光中，是茫然，是空洞。

很快，悬崖传来"咚"一声闷响，接着是弱弱的几声鸟叫，凄厉地在山谷中回荡，仔细听，却又似是而非，似有似无。

个子清瘦、皮肤黝黑、狡黠精明的黑权，此时此刻，紧握双拳，稳扎马步，高高矗立在悬崖边，恍如一名满怀抱负、满怀激烈的志士。

在山坡下面，一条约莫十米宽，平整笔直的路已呈现在我们眼前。路的一头，已经修到我们脚下，把小山坡打通，就进入村子了；路的另一头，一直往远方山水延伸而去，越来越远，不断模糊，直至消失在我们的视野里……

后记：

故事，还没讲完

　　曾有段子说，现在 50 后吃喝玩乐天天是星期天，60 后运筹帷幄指点江山乐翻天，90 后喜欢张扬个性无法无天，00 后懵懵无知自小被宠上了天。而 70 后，活得一天不如一天——半辈子打拼，出彩就差一点点；资格趋老两鬓渐白，还是被呼来喝去弄得团团转，劳碌奔波无际无边。

　　因而，悲催的 70 后！

　　而后，有好事者把它改编为：没有 50 后的饥荒，没有 60 后的人患，没有 80 后的孤单，没有 90 后的物质化粗浅，没有 00 后的迷惘；没有经历自然灾害，没有经历十年浩劫，没有经历上山下乡；沐浴开放第一缕阳光，共享发展殷实成果，共筑未来复兴之梦——70 后，最值得经历，最值得珍惜，最值得回味——凝神遐思，不无道理。

　　由此，幸运的 70 后！

所以，我一口气讲了那么多关于全叔，关于黑权、肥灿、高强、雪儿、巧巧老师，还有"狗仔"的故事，这些，从童年说起的事儿，就是我们70后这一代成长的起点——当中，有着盲目和无知，有着痛苦和快乐，有着奋斗和希冀。这伴随着新鲜泥土气息和花香草绿的所有的一切一切，都是伴着我们成长和社会变迁。

而关于他们的故事，还有很多，还没讲完。

是的，的确是还没讲完。

还有全叔的许多事儿呢。他跟婶婶去到一个繁荣的小镇，在那里，他终于达成自己的理想，做了一名代课老师，听说，他教学成绩斐然，学生和校长都很喜欢他。婶婶哪，她在家里带小孩。就这样，一家子，其乐融融。后来，我不太想讲后来的事儿，因为我不喜欢，也想不明白，想不明白书教得好好的、校长准备送他去进修读师专的时候，他却不教书了。听说，他跟婶婶一起做个体户了，而且赚了很多钱；赚钱就赚钱了呗，可是，后来我又听说，他有了钱就喜欢吃喝玩乐甚至赌博，再后来甚至夜不归家要跟婶婶离婚……我不说了，我不想说了，我实在说不下去了……

那就说黑权哇。这兔崽子，真有他的一套。听说，到深圳后，他先是在码头做搬运工卖苦力，熬了一个年头，突然转行干起炒卖股票抽签号来了，并且赚了一点小钱；有了第一桶金后，他开了自己的经纪公司，当了小老板。嘿，还有个插曲呢，都说喝水不忘挖井人，打死不离亲兄弟，想不到他居然邀请肥灿从香港回来跟他一起打拼。可是，命运不知道是眷顾还是作弄他们，后来，他们一同喜欢上了一家大型上市公司老板的千金，说是一同，实际略有差别——黑权是喜欢那家上市公司才喜欢那位千金，而肥灿是喜欢那位千金才喜欢那家上市公司，孰是孰非，我还没弄懂，只是再后来，两位儿时伙伴，为着江山和美人，进行了一场巅峰对决。

唉。我叹息。我无语。

还是走自己的路最踏实。我就是这么踏踏实实，又或是平淡无奇的人群中的一员。我顺利考上县中学，又在意外和必然中跟雪儿成为同学。我们一起学习，一起玩耍，一起探讨人生，后来一起上大学，一起步入婚姻殿堂。一切，似乎都是无多大悬念又或是顺理成章，然而，生活中却少不了各种磕磕碰碰，比如，爱情和学业，出国和婚姻，工作和分居，事业和家庭，乃至柴米油盐酱醋茶，无不碰撞出火花。或许，这就是生活的味道。

真的，我想要讲的，还有很多很多，只是，还艰难地憋着——我也晓得，甭管是喜是悲、是得是失，快乐也好，忧伤也罢，身后的足迹，就是一段难忘的经历，一段难得的体验，随着岁月流逝，它愈发弥足珍贵。

美，是一种角度；幸福，也是一种角度。品味昨天，生活今天，希望明天——无论是对70后或其他人而言，均至为重要。

所以，如果你愿意听，我决定把它讲下去，对，一直讲下去……